光文社文庫

長編時代小説

陽炎の剣

徒目付勘兵衛

鈴木英治

光 文 社

目次

第一章 7
第二章 105
第三章 179
第四章 252

主な登場人物

久岡勘兵衛――古谷家の次男で部屋住みだったが、親友・久岡蔵之介の不慮の死によって久岡家に婿入りする。久岡家の家業である書院番を継いだのち、飯沼麟蔵に引き抜かれ徒目付となる
美音――勘兵衛の妻。蔵之介の妹
山内修馬――勘兵衛の同僚の徒目付
飯沼麟蔵――腕利きの徒目付頭。勘兵衛の兄・古谷善右衛門の友人
稲葉七十郎――南町奉行所定町廻り同心。勘兵衛より三歳下
清吉――七十郎の中間
多喜――古谷家の女中頭。今は久岡家で働く

徒目付勘兵衛　陽炎の剣

第一章

一

暖簾《のれん》が揺れた。

帳場でそろばんを弾《はじ》いていた八郎左衛門《はちろうざえもん》は目をあげた。

本八屋《ほんはちや》と染め抜かれた暖簾のあいだから、二つの瞳《ひとみ》がじっと見ていた。

そばに火鉢が置かれていて、かなりあたたかかったが、八郎左衛門は背中に冷えを感じた。

表情をゆがめかけたが、すぐに笑みをこしらえる。

「いらっしゃいませ」

金貸しという商売だけにあまり声を張ることはせず、穏やかに口にした。

じき夕暮れという頃で、店のなかは薄暗さが漂っている。その白みを帯びた暗さの幕を破るようにして、男が土間をすばやく近づいてきた。

いかにも隙《すき》のない身ごなしだ。右手を懐《ふところ》に入れていた。匕首《あいくち》でものんでいるのか。

八郎左衛門は緊張したが、その思いを面にだすことはなかった。土間と八郎左衛門がいる帳場とのあいだには目の細かい格子ががっちりとめぐらされており、仮に匕首を突きだされても腕は通らない。さして心配はいらなかった。

格子に男が顔を近づける。

「八郎左衛門さんですね」

ささやくような声だが、口調はていねいだ。

「さようですが」

男の歳《とし》の頃ははっきりしない。五十をすぎているようにも三十前のようにも見える。こぎれいな衣服を身につけ、ちょっと見は人品卑しくない。

「田浪《たなみ》までいらしていただきたい」

田浪、ときいて八郎左衛門は背筋がぴくりとのびた。

「今からですか」

「できれば」

控えめないい方だが、服従させるような強い調子がその言葉には含まれている。

「わかりました」

右手にある小机の引出しをあけ、袱紗《ふくさ》包みを取りだした。重みのあるそれを懐にしっかりとしまい入れる。

八郎左衛門は、奥にいる子飼いの番頭を呼んだ。

「ちょっと出てくる。店番を頼むよ」

番頭の見送りを受けて、八郎左衛門は男とともに道を歩きだした。

外に出ると、寒さが一気に攻めてきた。体を縮めたくなる。両手に息を吹きかけ、こすり合わせた。

冷たい風が吹きすさび、土埃《つちぼこり》が目に入る。うつむくようにしたが、前を行く男のがっちりとした背中から目を離さないようにして八郎左衛門は歩き続けた。

本八屋は大通り沿いにある。その道を南東に向かうと、三町《ちょう》（約三百二十七メートル）ほどで右手の町が湯島《ゆしま》四丁目に変わる。

道の左手には、府内《ふない》八十八ヶ所のうちの三十二番目の札所である円満寺《えんまんじ》がある。

田浪は、円満寺の山門のほぼ向かいに位置していた。

二階建てのつくりで、三方を黒塀が囲んでおり、道に面しているところは二間《けん》（約三・六メートル）ほどの広さの入口となっている。店の両側に一里塚にできそうな杉の大木が二本植わり、出入りする客たちを見おろしていた。

厚みのある暖簾を男が払う。

八郎左衛門は会釈をして、土間に足を踏み入れた。男が続く。

「いらっしゃいませ」

男の奉公人が寄ってきた。下足番《げそくばん》だ。頭は白髪だらけで、腰がやや曲がっている。いかにも長年、この店に奉公してきたのを感じさせる。

雪駄《せった》を脱ぐと、いらっしゃいませ、と華やいだ声をだして女中が近づいてきた。男が名を告げる。女中は、お待ちしておりました、と八郎左衛門たちを先導してゆく。

廊下をまっすぐ抜ける。唐突に目の前が開けた。そこは庭だった。

灯籠《とうろう》がいくつか灯《とも》され、背の低い木々をぼんやりと照らしている。高価そうな庭石がいくつも配置されており、その背後は築山《つきやま》のように盛りあがって大木が生い茂り、向こう側は見えなかった。

築山の左手に、明かりがうっすらと浮いていた。そこにも建物があることに、八郎左衛門は気づいた。どうやら離れのようだ。

「こちらをどうぞ」

女中にいわれて下駄《げた》を履く。八郎左衛門と男は敷石を踏んで離れに向かった。

一間《ひとま》きりの離れで、あまり大きな建物ではない。茶室のような感じがした。

沓脱石《くつぬぎいし》の上に、下駄が一足のっていた。

「どうぞ」

「では、手前はこれで」

本八屋から八郎左衛門と一緒にやってきた男が、頭を下げて体をひるがえす。女中とともにいま来たばかりの道を遠ざかってゆく。

八郎左衛門は取り残されたような心細さを味わった。

「どうぞ、こちらへ」

灯りがほんのりと映じた障子越しに、低い声がかけられた。

八郎左衛門は息を一つのんで心を落ち着けてから、障子をひらいた。

男が背筋をのばして正座していた。総髪《そうはつ》にして刈りこんである頭は真っ白だ。やや垂れた目は一見穏やかそうに見えるが、瞳の奥に暗い炎が揺らいでおり、この男がこれまでどんな道を歩んできたのか、八郎左衛門は感じざるを得なかった。

男が、ぱちぱちと炭を弾いている火鉢を指さした。

「あたたかいですよ」

酒で喉《のど》をやられたかのようなしわがれた声だ。

八郎左衛門はうなずき、男の向かいに正座した。

「膝《ひざ》を崩してください」

男にいわれたが、八郎左衛門は固辞した。

男が微笑する。笑うと目の光が消え、とても柔和に見える。意外に人なつこそうな笑いで、練達の商人のような感じだ。

ふと男が表情を引き締めた。

「見つかりました」

ほかには誰もいないのに他聞をはばかるような低い声だ。

「まことですか」

八郎左衛門は腰を浮かせた。

「まことですよ」

八郎左衛門は座り直した。これまで二度、この男には仕事を頼んでいる。そのことからまちがいはないのはわかっていたが、きかずにはいられなかった。

「どこで見つかったのです」

男がゆったりと首を振る。

「それはおききにならない約束です」

「そうでしたね」

八郎左衛門は懐を探り、袱紗包みを取りだした。畳に置き、袱紗をひらく。

小判の包み金が四つ並んでいる。全部で百両だ。

「約束の金です」

袱紗で包み直し、男に渡した。

「ありがとうございます」

男はずしりとした重みを味わうかのようにしばらく両腕で抱えるようにしていた。それから畳にそっと置いて、あらためてなかを確かめた。

深くうなずいて袱紗で小判を包みこんでから、懐にしまい入れた。

「確かにいただきました。これで支払いのすべては終わりです」

男が八郎左衛門を見つめる。

「あの男、殺《や》ってもかまわないのですね」

確かめてきた。

いいのか。八郎左衛門は自問した。本当にあの男をこの世から消していいのか。

八郎左衛門は下を向き、ごくりと唾《つば》を飲んだ。

あいつには死んでもらわなければならない。ときがたったからといって、生きていていいというものではない。

このときのために、目の前の男に仕事を依頼したのだから。

八郎左衛門は顔をあげた。

「殺ってください」

「わかりました。仕事を終えたら、つなぎを入れます。それまでお待ちください」

ではこれで、と男が離れを出ていった。あっさりとした消え方で、今ここにいたのが幻のように感じられるほどだ。

ついにあいつもこの世から消えるのか。

男を見送った八郎左衛門は吐息を漏《も》らした。

火鉢の炭が鋭く弾け、一筋の煙が天井に向かって大きく噴きあがった。

二

杯をくいっとひねる。

あたたかなものが口中にあふれ、それが喉を通りすぎていった。

腹がじんわりとした熱さで満たされ、法徳《ほうとく》は、うまいなあ、とつぶやいた。

仕事終わりの酒は特にうまい。それにだいぶ寒くなってきたから、熱燗《あつかん》にして飲む酒はこの上なく美味に感じられた。

夏のあいだに飲む冷や酒も好きだが、やはり酒はあたたかくして飲んだほうが旨《うま》みを増すように思える。

火鉢の上に置いた鉄瓶が盛んに湯気をあげている。空の徳利に酒を入れ、鉄瓶の蓋《ふた》を持ちあげて徳利を突っこむ。

あまり熱くならないうちに徳利を引きあげた。杯に酒を満たし、一気にほした。

うまかった。法徳は立て続けに杯をあけた。あまりのうまさに、ほっと息が出てしまう。

隣の間を見る。

そこには布団が敷いてある。こちらの部屋の行灯《あんどん》にほんのりと照らされて、敷布の白さが目に飛びこんできた。

医師という生業《なりわい》である以上、敷布が血に汚れることも多々あるが、法徳としては敷布だけは常にきれいなものを、と心がけていた。

患者というのは得意先なのだ。汚い敷布の上で治療し、二度と来たくない、などと思われたくない。

そんな些細《ささい》なことで得意先を減らすのなら、いつもきれいなものを用意していたほうがいい。

そんな心配りのためもあってか、繁盛している。患者は風邪を引いたりとか、腹が痛いというようなことだけでなく、指をちょっと切ったとか足をすりむいたというようなことでも来てくれる。

法徳はさらに酒を飲んだ。

酒だけで腹が一杯になりそうだったが、体があたたまったこともあるのか、小腹が空《す》きはじめた。

夜はあまり食べないが、少しはなにか腹に入れておいたほうがいいだろう、と法徳は海苔《のり》と梅干しの茶漬けをつくった。

さらさらと流しこむようにする。茶漬けは飲んだあとの食べ物として最高だ。けっこう満腹になり、法徳は満足した。茶碗《ちゃわん》を片づけ、奥の台所に持ってゆく。居間に戻ってきて、再び腰を据えて酒を飲みはじめた。

最近は酒量が増えてきたが、どうすることもできない。

この調子ではいつ酒毒におかされ、病になるかわからないが、飲まないと体がいうことをきかないのだから仕方なかった。

それに、どういう加減か、ここしばらく昔のことを思いだすようになってきた。とうに忘れたと思っていた。しかし土が掘り返されるように、埋めたはずの昔が脳裏に戻ってきていた。

酒を飲んで忘れられることではないが、ほかに手立てを知らない。女に走ったところで無理だろう。

法徳はため息とともに首を振った。また酒を口に含む。

戸口のほうに物音をきいた。誰かが泣き叫んでいる声もする。

急患か。よくあることだ。もう四つ（午後十時）に近いこの刻限というのは珍しかったが。

法徳は立ちあがった。さすがに酒をすごしすぎたか、ふらりとする。

大丈夫だろうか。危ぶんだが、このくらいの酒なら、という気持ちもある。

それに、昔のことをいっときでも忘れられるのなら患者はありがたかった。


戸口に大八車《だいはちぐるま》をとめた。

痛えよ、痛えよ。

荷台の上には仁太《じんた》がいて、腹を押さえている。おびただしい涙を流しながら、大声で叫んでいる。

「しっかりしろ」

兼造《けんぞう》が仁太を励ます。

「がんばれ。着いたぞ」

丈治郎《じょうじろう》はあたりを見まわした。家は建てこんでいるが、さすがに寝静まっているようで、急な騒ぎをききつけて顔をだす者はいない。

そこまで見届けて、丈治郎は体をひるがえし、しっかり閉じられている戸を叩《たた》いた。

「先生、いらっしゃいますかい」

この家には、法徳という医者が住まっている。法徳は一人暮らしだ。

「どうしたかな」

戸がひらき、頭をつるつるにした男が顔を見せた。

法徳だ。目は柔和だが、その奥に厳しい光が宿っている。

丈治郎は頭を下げた。

「あっしら、この近くの普請場《ふしんば》で働いてる者なんですけど、ねぐらにしている小屋で一人が急に腹が痛いといいだしたんですよ」

「なかに入れなさい」

「ありがとうございます」

丈治郎と兼造は仁太の手足を持ち、なかに運びこんだ。

「そちらに寝かせなさい」

戸を閉めた法徳が指示する。

そこは八畳間で、布団が敷いてあった。薬の甘いようなにおいが充満しており、各種の薬が入っているらしい引出しつきの棚が壁際に置いてある。

仁太を布団に寝かせる。

丈治郎は隣の部屋に眼差《まなざ》しを這《は》わせた。

そこには行灯が灯され、火鉢のなかで炭が勢いよく弾けていた。一升徳利と二本の小さな徳利が立っているが、杯は転がり、しずくを垂らしていた。

法徳が行灯を布団のそばに持ってきた。

「どうした」

腰をおろして、丈治郎にきく。

「あっしらにもわからないんですよ。小屋でおそい飯を食べていたら、いきなり腹が痛いっていいだしたもので」

丈治郎は手ばやく説明した。

法徳が仁太の着物をはだけた。あまり日に焼けていない肌をさわる。

「ここが痛いか」

仁太が首を振る。

「ここは」

「痛いです」

そうか、といって法徳が首をひねる。

「なにかにあたったようだな。昼はなにを食べた」

「なんでしたかねえ」

丈治郎は顔をしかめ、首を横に振った。

「覚えてないです」

苦しげな表情の仁太が答える。

「覚えてないということはなかろう」

法徳が穏やかに諭《さと》す。

「覚えてねえっていってんだから、仁太は本当に覚えてねえのさ」

丈治郎は法徳にいった。法徳がその伝法《でんぽう》な口調に驚いたように振り向く。

その顔が不意にゆがんだ。あっ、という声があいた口から漏れる。

信じられないという面持ちで下を見る。

着物を突き破って、法徳のややたるんだ腹に匕首が突き立っている。

「どうして……」

そのあとは言葉が続かなかった。

「理由はわかっているんじゃないのか」

丈治郎は冷たく浴びせた。

「まさか……」

それだけをいって法徳は前のめりに倒れた。頭が布団の上にのった。腕が動いて、匕首に触れる。抜こうとしていた。

しかしそれだけの力は、もはやなかった。

法徳はまだ生きている。苦しげにせわしい息を繰り返している。

その間隔がだんだん短くなってきた。うめき声を最後に、法徳は動かなくなった。

人が死んだからといって、丈治郎にはさしたる感慨もなかった。虫が死んだのと変わりはない。

五日のあいだ、丈治郎たちは法徳の暮らしを監視していた。医師としての腕はいいらしく、患者が引きも切らずという状態だった。

最後の患者が帰ったあと、一人で飯を食べ、晩酌をする。

この習慣は、この五日のあいだまったく変わらなかった。

「よし、運びだすぞ」

丈治郎が合図をすると、兼造と仁太が法徳の体を仰向けにひっくり返した。

血はほとんど出ていない。突き刺さったままの匕首が栓の役目をしている。

ここで匕首を抜くわけにはいかない。血で汚すわけにはいかないのだ。だからこそ、心の臓ではなく、腹を狙《ねら》ったのだ。

法徳の手足を持って、二人が家の外へ運びだそうとした。

「――先生っ」

戸口越しに男の怒鳴るような声がきこえてきた。

「いらっしゃいますかい」

戸ががらりとひらき、兼造たちの前に男が立ちふさがる形になった。

二人に運ばれている法徳に気づいて、男が驚愕《きょうがく》を顔に刻む。

「どうしたんです」

眼差しが腹の匕首に移った。驚きがさらに広がる。

男のうしろにいた女がのぞきこむ。

その腕に赤子が抱かれているのが、丈治郎には見えた。

きゃあ。女房が叫び声をあげた。女が表に向かって駆けだす。そばに置かれていた大八車に体が突き当たってよろけたが、それもお構いなしだった。

男も女房に続いた。

ちっ。丈治郎は舌打ちした。しくじりだ。

「こいつ、どうする」

兼造が死骸《しがい》に顎《あご》をしゃくる。

見られてしまった以上、もはや法徳を運んでゆく必要はない。

「置いてくしかあるまい。ずらかるぞ」

「大八車はどうします」

仁太が問う。

「そいつも捨てていけ」

法徳の死骸を放《ほう》りだし、丈治郎たちはその場を走り去った。

三

「ちょっと通してくれ」

南町奉行所同心《みなみまちぶぎょうしょどうしん》の稲葉七十郎《いなばしちじゅうろう》は声をかけた。

惨劇の起きた家の前に、近所の者と思える野次馬が大勢いた。女房衆や旦那《だんな》たちだけでなく、多くの子供も集まっていた。

まるで、夜を徹しての祭りのようなにぎわいになっている。

南町奉行所から中間《ちゅうげん》や小者《こもの》たちが出張っており、野次馬たちから家のなかが見えないようにがんばっていた。

「ご苦労さまです」

そういう者たちが次々に挨拶《あいさつ》してくる。律儀に返事を返しながら、七十郎は戸口にやってきた。

こいつはなんだい。

心で独りごちて、七十郎は戸口に置かれた大八車を見た。筵《むしろ》が数枚置かれている。

大八車を避け、七十郎は家に入った。

広い土間で提灯《ちょうちん》を吹き消した。

厳しい寒さのなか走るようにやってきて体は熱かったが、さすがにこうして立ちどまると身震いが出る。

「旦那、ご苦労さまです」

中間の清吉《せいきち》が腰を折る。

「ああ、つなぎはもらった」

土間に、坊主頭の死骸が横たわっているのに七十郎は気づいた。

「仏さんか」

死骸の横にそっと膝をつく。

目は無念そうにひらかれ、虚空《こくう》を見つめていた。耳が大きく、耳たぶもなにかをぶら下げたように垂れている。頰《ほお》にも丸みがあり、いかにもふくよかな顔つきだ。

それだけに、こういう死に方は似つかわしくない気がした。腹に刺さった匕首を引き抜こうとしたのか、両手が触れている。

「仏さんの名は」

七十郎はたずねた。

「法徳さんというそうです」

どんな字を当てるのか、清吉が教える。

「生業は医師か」

戸口に人の気配がした。七十郎が振り返ると、町医者の道完《どうかん》が小者を一人連れてやってきたところだった。

「ご苦労さまです」

七十郎は立ちあがって、道完を出迎えた。道完は、南町奉行所が検死医師として頼んでいる一人だ。

この家が市ヶ谷田町《いちがやたまち》四丁目代地にあるということで、この深更、道完に来てもらったのだ。道完は田町下二丁目に住んでいる。

この家は神楽坂《かぐらざか》から一本、路地を入ったところにある。神楽坂は傾斜のきつい坂で、このあたりには夜やっている飲み屋はほとんどない。

「こちらですか」

死骸に目をとめた道完は、さっそくあらためはじめた。小者が提灯を照らしている。

道完は死骸の着物をくつろげ、傷の具合をじっと見ている。

「心の臓ではないですね」

七十郎は道完にいった。

「ええ、腹ですね。この仏さん、かなり苦しんだと思いますよ。腹をやられるのは相当きついらしいですから」

そういう話は七十郎もきいたことがある。

「仏さんを殺害したのはこの匕首ですね。ほかに傷はありますか」

「ありません。この腹の傷が仏さんの命を奪いました」

「殺害された刻限は、四半刻《しはんとき》（三十分）ほど前でまちがいありませんか」

これは下手人らしい三人組を目にしている夫婦がいるからまず確実だが、念のためだ。

「ええ、その見当でまずいいものと」

七十郎には一つ疑問があった。

「手慣れた者の仕業ですか」

道完が首をひねる。

「どうでしょうか。わかりません」

「下手人は最初から殺すつもりだったと思われますか」

「匕首をつかっている以上、そうなんでしょうね」

そういって道完は気がついた顔をした。

「稲葉さまは、腹を刺されている、ということを不審に思われているのですか」

「そういうことです。本当に殺すつもりなら、ここでしょう」

左胸を拳《こぶし》で叩く。

「確かにそうでしょうね」

道完は同意を示してみせたが、すぐに言葉を継いだ。

「しかし、殺す気があっても、弾みで腹に入ってしまうということもあるでしょうね」

男三人の下手人を見た夫婦連れは、激しく夜泣きをはじめた赤子を診《み》てもらうために、法徳のもとにやってきたのだ。

夫婦には、火鉢が二つ置かれた自身番《じしんばん》で待ってもらっている。

それにしても、と七十郎は思った。三人もの男が法徳の家を四つ前に訪れ、弾みで刺してしまうようなことはあるだろうか。

あるかもしれない。だが、なんとなく腑《ふ》に落ちない。

七十郎は部屋にあがり、なかの様子を見た。

あがってすぐの間は診察の部屋のようで、布団が敷かれていた。

敷布がやや乱れている。ここに患者がいた証《あかし》か。

「旦那、こっちで酒を飲んでいたみたいですねえ」

清吉が奥の間の大徳利と徳利、杯を示す。

「一人で飲んでいる最中、三人がやってきたということか。三人はすんなりとなかに入れてもらえたようだな」

「患者を装っていたんじゃありませんか」

「十分に考えられるな」

「それに、隣家の者が、痛い、痛い、と泣き叫ぶ声をきいているんです」

「なるほど、急患を演じたのか」

ということは、外の大八車はそのときのものか。

七十郎は外に出て、近所の者に話をきいた。誰もが法徳が殺されたときいて、信じられない、と口にした。

「あんないいお医者さんをどうして」

「うらみなんて買うような人じゃあ、なかったのに」

「お役人、殺したやつ、必ずひっとらえてくださいね」

繁盛していた医者であるのは確かで、皆から慕われていたようだ。

「法徳さんは独り身ということだが、出入りしていた女はいたのか」

七十郎は女房たちにきいた。こういうことは、女衆《おんなし》のほうが詳しい。

「いなかったみたいですよ」

一人がいい、他の一人が続けた。

「いつも一人でひっそりと暮らしているような感じでした」

「つましいといっていいと思います。笑顔で挨拶はちゃんとしてくれるし、患者にもやさしかったし、いい先生だったけど、どこか陰があった気がしますねえ」

陰があったか、と七十郎は思った。

「おぬしたちの話をきく限り、法徳さんはむしろ世間を避けていたように思えるんだが、どうかな」

「その通りだと思います」

女房たちは口をそろえた。

「ありがとう」

七十郎は礼をいって、死骸のそばに戻った。

それにしても、匕首が抜かれていないのはなぜなのか。

なぜ殺すのに心の臓ではなく腹なのか。血をだしたくなかったから、としか思えない。

七十郎は戸口を振り向いた。

残された大八車。下手人が患者を演じるために用意したにすぎないのか。

七十郎は大八車のところに行き、のせられている筵を数えた。三枚あった。

七十郎は首をひねった。

これはいったいなんなのか。

その疑問を胸に、七十郎は清吉とともに市ヶ谷田町四丁目代地の自身番へと足を運んだ。自身番は江戸城の堀近くにある。

三人を見たという夫婦に会った。

夫の達吉《たつきち》は石工職人ということで、がっしりとした体格をしていた。きりっと締まった顔をしていて、そのあたりがいかにも職人らしさを感じさせた。

女房のお津留《つる》のほうは母親になり立てというのがわかる初々しさがあり、つやつやとしている桃色の肌が、自身番の薄暗い行灯の光でもまぶしいくらいだった。

赤子は、お津留の腕のなかでぐっすり寝ていた。

二人は若かった。人殺しの下手人を見てしまったことで、おびえた表情をしているのは仕方のないことだろう。

七十郎が賊の人相を知りたいというと、土間がそんなに明るくなかったのではっきり顔を見たわけではないですけど、と達吉が前置きしてからいった。

「三人とも似たような歳の頃だったように思います。三十から三十五、六といったところでした」

七十郎はお津留を見た。

お津留はちらりと夫に目を向けてから、少し小さな声でいった。

「あたしは一番若い人は、まだ三十にはなっていないんじゃないかと思います。猿みたいな顔をしてたんで、幼く見えただけかもしれないんですが」

「ああ、そうでした」

達吉がすぐに同意してみせた。

「確かに、猿みたいな顔をした小男でしたね。あとの二人は、お役人と同じくらい背が高かったように思います」

俺と同じくらいか、と七十郎は思った。とすると、六尺（約百八十二センチメートル）近いということになる。

ただ、それもあまり当てにならないかもしれない。恐怖が人を大きく見せるというのは、本当にあることだからだ。

「ほかに気がついたことは」

「いえ、別になにも」

達吉がいい、お津留も同じ表情だ。お津留は赤子を気にしている。

「あの、もう帰ってもよろしいですか。明日もはやいんで」

達吉が申し出る。

「あと一つだけ頼みたい」

七十郎は口調にすまなさを含ませていい、やわらかく首を振った。

「人相書《にんそうがき》を描くのに力を貸してもらいたいんだ」

四

徒目付詰所《かちめつけつめしよ》の刀架《とうか》に長脇差《ながわきざし》を置き、久岡勘兵衛《ひさおかかんべえ》は自身の文机《ふづくえ》の前に座った。

別段急ぐ仕事はなかったが、引出しから書類の束を取りだし、目を通しはじめた。

「勘兵衛、おはよう」

隣の席に同僚の山内修馬《やまうちしゅうま》が腰をおろし、声をかけてきた。

「なんだ、朝っぱらから仕事熱心だな。急を要する事件などないはずだ。つまりは仕事をしているという振りだな」

「だったら、どうしていればいい。なにもせず、ぼんやりと宙でも眺《なが》めていろとでもいうのか」

「少なくとも目は疲れずにすむ。剣にとって目はとても大事なんだろう。——それにさ、勘兵衛」

修馬がいたずらっ子のような顔をする。

「勘兵衛が頭を垂れていると、首が折れやしないか、とひやひやしてしまうんだよ」

「いくら頭がでかいからって、そんなこと、あるわけないだろうが」

「どうかな。これまでは首の骨もなんとか耐えてきたが、近い将来、耐えきれなくなってぽきり、なんてことあるかもしれないぞ」

「あるわけなかろう」

そうはいったものの、勘兵衛は首筋に手をやっていた。

その後、勘兵衛と修馬は江戸城内の見まわりに出た。

いつものごとく橋や櫓《やぐら》につめている番士たちの仕事ぶりを監視する。

勘兵衛たちがいるあいだはどの番士も背筋をのばし、緊張した面持ちで厳しい眼差しをあたりに投げていた。

これはむろん長続きせず、勘兵衛たちがその場を離れればすぐにもとのゆるんだものに戻ってしまう。

仕方のないことだった。いくら緊張して仕事に励んだところで、この太平の世、なにも起きるわけがないのだから。

昼八つ(午後二時)すぎに、二人は徒目付詰所に戻った。屋敷から持ってきた弁当でおそい昼餉《ひるげ》にした。

「ほう、相変わらずうまそうだな」

修馬が勘兵衛の弁当をのぞきこむ。

「その鮭《さけ》の切り身、俺にくれぬか」

勘兵衛は目をむいた。

「修馬、おまえ、よくそんなことがいえるな。鮭をやったら残るのは飯にたくあん、梅干しだけだぞ」

「それでも、梅干ししかない俺のよりはるかにいい」

「なら、半分やろう」

勘兵衛は箸《はし》で切り身をちぎり、修馬の弁当の上に落とした。

「すまぬな、勘兵衛。しかしいってみるものだな」

箸をつかって鮭を食べはじめる。

「うまいな、こいつは。塩加減がいい。美音《みね》どのか」

「そうだ。女中頭のお多喜《たき》に教えてもらって、ようやくこの塩加減にたどりついた」

「千二百石の旗本《はたもと》の奥方というのに、たいしたものだな」

「修馬、嫁の来手はないのか」

「あるさ、いくらでも」

だったらどうしてもらわぬ、といいかけて勘兵衛は言葉をのみこんだ。

修馬は、許嫁《いいなずけ》だったお美枝《みえ》がまだ忘れられないのだ。

お美枝は半年以上前、何者かに路上で殺された。下手人はつかまっておらず、勘兵衛は下手人捜しに力を貸すと修馬に約束している。

考えてみれば、今なら本腰を入れてやれるかもしれない。

修馬にいおうとしたとき、勘兵衛は正面から眼差しを感じた。

はっとして見ると、まな板のように四角い顔が無言でにらんでいた。

徒目付頭《がしら》の飯沼麟蔵《いいぬまりんぞう》だ。

細い目がさらに細められ、異様な光を放っている。勘兵衛は心の臓がきゅんと音を立てたような気がした。

勘兵衛になにかいいかけた修馬も麟蔵に気づき、あわてて口を閉じた。

麟蔵が手招く。

勘兵衛と修馬はうなずき合い、頭のもとにそろそろと寄っていった。

麟蔵の文机の前に二人そろって正座する。

「楽しそうだな」

「はあ」

なんとも答えようがなく、勘兵衛は間の抜けた返答しかできなかった。修馬は背筋をのばし、ただかしこまっている。

「仕事だ」

「本当ですか」

勘兵衛は身を乗りだしかけた。

「このところ暇だったからな。勘兵衛、うれしそうだな」

「いえ、そのようなこともないのですが」

勘兵衛はふと気づいた。麟蔵の顔色があまりいいとはいえないのだ。

「お頭、どうかされたのですか」

勘兵衛が口にする前に修馬がいった。

「なにが」

「お顔の色が冴《さ》えぬようです」

麟蔵が修馬に目を当てた。瞳から放たれる光が強まったようだ。

修馬が体をかたくする。勘兵衛も同じだった。

「ふだんと変わらぬ」

無愛想に答えた。

「二千七百石もの大身《たいしん》の旗本の三男坊が行方知れずになっている。名は助四郎《すけしろう》、二十三歳だ。捜しだせ」

勘兵衛は、犯罪のにおいを嗅《か》いだ気がした。

「その三男坊は、いつから行方が知れなくなっているのです」

「三日前だ。届けは今朝」

「家出ですか。それともかどわかしですか」

修馬が問う。

「わからぬ。屋敷の者に話をきけ」

「承知いたしました。必ず捜しだしてご覧に入れます」

勘兵衛たちはさっそく向かった。

岩永《いわなが》家の屋敷は番町《ばんちょう》の三番町通《どおり》に面していた。

屋敷に訪《おとな》いを入れた。

助四郎の家族は両親に、当主ですでに家を継いでいる長兄である。徒目付の来訪を予期し、全員が顔をそろえていた。

次兄は麟蔵によれば、千六百石の家の養子になっているとのことだ。

勘兵衛と修馬は客座敷に通され、茶も供された。

「助四郎どのがいなくなったとのことですが、理由に心当たりはありますか」

勘兵衛は兄の誠兵衛《せいべえ》にたずねた。誠兵衛は三十一歳で、父はとうに隠居していた。

岩永家は代々、使番《つかいばん》をつとめる家柄だ。使番は明晰《めいせき》な頭脳を持つ者しかつけないといわれるが、誠兵衛も瞳が澄む、聡明《そうめい》そうな顔つきをしている。

「いえ、それがしにはさっぱり……」

勘兵衛は父と母に目を移した。

「わしにもわかりませぬ」

隠居の父親は背を丸めて答えた。

母親にも心当たりはなかった。

「姿が見えなくなったのは三日前とのことですが、その前に、助四郎どのにどこか変わった様子は見られませんでしたか」

勘兵衛は問いを続けた。

三人は考えこんだが、まるで示し合わせたかのように同時に顔をあげた。三人とも当惑の表情しか浮かんでいなかった。

「なにも変わったようなところは見られなかったと思いますが」

三人を代表して、誠兵衛がいった。

「届けをだされたのは今朝ということですが、これはなにゆえです」

誠兵衛が目の前の湯飲みを手にした。そっと口に持ってゆき、茶で唇を湿らせた。

「届けがおくれたのは、助四郎がひょっこり帰ってくるのでは、という願いがあったからです。本心を申してしまえば、できれば表沙汰《おもてざた》にしたくなかったからです」

「こんな形で徒目付どのに捜索を頼むなど、家の恥としかいいようがないものですからな」

隠居の父親がいかにも恥ずかしそうに口にした。

「いえ、しかしもしなんらかの事件に巻きこまれたのだとしたら、それは助四郎どのにはなんの落ち度もないわけですよ」

自身、長いこと部屋住《へやず》みだった修馬が助四郎をかばうようにいう。

「それでも同じことです」

隠居がきっぱりといいきった。

「もし事件に巻きこまれたのだとしても、それはせがれに隙があったということでしょうから」

なるほど、と勘兵衛は思ったが、この隠居がせがれのことを心配しているのは疑いようがない。隣にちんまりと座っている母親もうっすらと涙を浮かべている。

この二人のためにも捜しだしてやりたかった。

ちらりと横を見ると、修馬も同じように決意を刻みつけた顔をしていた。

「おききしにくいことですが」

前置きしてから勘兵衛は問うた。

「助四郎どのは、おなごのほうはいかがでしたか」

「いえ、それがしは存じませぬ」

誠兵衛が手の甲で額に浮かんだ汗をぬぐっていった。両親もそれに同意した。

これまで養子話もなく、好きな女がいたというような話も、三人ともきいたことがないようだ。

「親しい友人には話をおききになりましたか」

「はい、一人だけですが。ほかはまだです」

「友人の名をすべて教えていただけますか」

誠兵衛の口から出てきたのは、通っている道場の友人がほとんどだった。

助四郎は三日前、道場に行ってそれきり戻ってこない。誠兵衛が話をきいたのは、最後まで助四郎と一緒にいたらしい友人だが、その友人も行方は知らなかったという。

「以前、助四郎どのに同じようなことがありましたか」

「一日程度、留守にすることはありましたが、こんなに長いのははじめてです」

これは母親が答えた。

「助四郎どのは、どこかに養子入りすることを望んでいましたか」

「それはもちろん」

誠兵衛が深くうなずいた。

「部屋住みで、望まぬ者など一人もおらぬでしょう」

「だが、二十三にもなるのにこれまでその手の話は一度もなかったのですね。助四郎どのに落胆があったのではありませぬか」

「ありませぬ」

これも横から母親がいった。

「あの子は別に悩んでいませんでしたし、へこたれてもいませんでした。私に心配かけたくなくていわなかっただけかもしれないですけれど、一度も養子のことで弱音を吐いたことはありませぬ。そのうちあっさり決まるよ、と明るくいっていました」

「その通りです」

誠兵衛が言葉を添える。

「それがしのすぐ下の弟は、二十六になって縁組がまとまりました。助四郎はその歳までまだ三年もあります」

「なるほど、よくわかりました」

勘兵衛がいうと、横で修馬が身じろぎし、口をひらいた。

「誠兵衛どの、つかぬことをおききしますが、助四郎どのは誠兵衛どのに似ていますか」

「ええ、似ているといわれます」

修馬は二親に目を向けた。二人とも、似ています、と答えた。

「わかりました。ありがとうございます」

それで修馬は口を閉ざした。


勘兵衛と修馬は岩永屋敷を辞した。

「しかし寒いな、勘兵衛」

冬の短い日は、すでに暮れはじめていた。冷たい風が吹き渡り、その風に追い払われたようにあたりには人影はまったくない。

いかにも冬らしく晴れ渡っている空に残った明るみは西のほうにほんのわずかで、番町は薄闇《うすやみ》に包まれつつあった。

「こう寒くちゃ、勘兵衛、明日からだな」

「徒目付が寒さに負けて、仕事をあとまわしにするのか」

「勘兵衛、まだやる気か」

「修馬、おまえ、母親の涙を見て、きっと助四郎どのを見つけてやると決意したと見たが、ちがうか」

「その通りだが、こう寒いと決意も萎《な》える。それにな勘兵衛」

修馬が言葉を続ける。

「助四郎どのに好きな女がいるかどうかわからぬと三人はいったが、部屋住みに嫌気がさして、手に手を取って逃げだしたのかもしれんぞ」

「本当は好きな女がいたというのか」

「二十三だろう。一人や二人いてもおかしくない。いや、おらぬほうがおかしい。それに勘兵衛、助四郎どのは誠兵衛どのに似ているということだったろう」

「ああ」

「似ているのなら、助四郎どのは男前だ。女に騒がれぬはずがない」

五

暮れゆく太陽を見て、七十郎は一日がとんでもなくはやく終わることを思い知った。

早朝から、中間の清吉とともに医師の法徳殺しの探索を続けていた。

だが、ほとんどなにも手がかりらしいものは得られていない。せっかく描いてもらった人相書も効力を発揮したとはいいがたい。

懐に大事にしまいこんでいるのは、猿のような顔つきをした若い男のものだけだ。

ほかの二人の人相書は達吉とお津留がほとんど覚えていないために、描くことで逆にまちがった者に行き当たるかもしれない怖《おそ》れがあった。

七十郎のなかで引っかかっているのは、大八車のことだ。

急患を積んできた。それはわかるが、病気自体、芝居にすぎないのはまずまちがいない。法徳の家に入りこむ口実でしかない。

だが芝居であるなら、わざわざ本物の大八車をつかわずともいいと七十郎は思うのだ。肩を貸して患者に仕立てた男を連れていっても、法徳はなかに入れただろう。

それに、法徳一人を殺すために三人というのも気に入らない。法徳の隙を見て殺すなど、一人でも造作ないことだろう。

どうしてそこまで手の込んだことをやる必要があったのか。

それに死骸は土間にあった。布団の敷いてあった部屋で殺され、あそこまで運ばれたということはないのだろうか。

「しかし旦那、寒いですねえ」

うしろから清吉がいう。

「熱燗が恋しいか」

「そりゃもう。鍋《なべ》で一杯なんていったら、最高でしょうねえ」

「今夜、飲みに行くか」

「本当ですかい」

清吉の顔を見ずとも、七十郎にはどれだけ喜んでいるかがわかった。

「あと少し辛抱してくれ。そこの長屋に寄ってなにもなかったら、今日はしまいにしよう」

「でも旦那、いいんですかい。人殺しがあったばかりで飲みに行くっていうのは、他の人になにかいわれませんか」

七十郎は笑い飛ばした。

「清吉が気にすることじゃない。それに、仕事はしっかりやっている。少し飲んだくらいで明日に差し支えるはずもない」

七十郎たちが歩いているのは行元寺《ぎょうがんじ》という寺の裏手にある、牛込白銀町《うしごめしろがね》だった。

長屋の木戸《きど》をくぐり、路地に入った。

長屋はすべての店に明かりが灯り、まだ暮れきらない日の光と混ざり合ってぼんやりとした色を路地に投げかけていた。

全部で十六軒の店をまわる。

最後の店で、耳寄りな話をきけた。

そこに住んでいるのは、どうやら遊び人だった。一緒に若い女もいるが、これからどこかの飲み屋にでも働きに出ようとしているのか、鏡を手に化粧をしていた。口がつんととがり、狐《きつね》のような目をした女だ。

「昨夜ですかい。ええ、あっしは法徳さんの家の前、通りましたよ」

着崩れた着物を直そうともしないで、土間におりてきた男がいった。目やにが両目に一杯についていることから、目覚めてからそうはたっていないようだ。

「何刻頃《なんどき》だ」

「四つ前くらいじゃないですかねえ。木戸が閉まる前に帰ろうと急いでたんですよ」

「法徳さんの家の前で、三人組を見かけなかったか」

「三人組ですかい。腹痛でも起こしたのか、大八車の上で七転八倒している男を見ましたよ。あれは確か三人でしたねえ」

「本当か」

七十郎は勢いこんだ。こういうことがあるから、ききこみはおろそかにできないのだ。

「三人の顔を見たか」

「顔ですかい。暗かったし、あっしは酔っ払っていたもので」

「ふん、酔ってない日があるみたいないい方するじゃないか」

女がうしろから口だししてきた。

「うるせえ。おめえは黙ってろ。お役人と話してるんだぞ」

男が怒鳴りつけると、女はつんと横を向き、ふて腐れたようにおしろいをはたきはじめた。

「見苦しいところを見せちまいましたね」

男が愛想笑いを見せる。

「もう一度きくが、顔は思いだせんか。一人は猿のような顔をしている小男、というのはわかっているんだが」

「猿のような小男ですかい。大八車に乗ってた野郎がそんな男だったような気がするんですけど……。あの、お役人、法徳先生になにかあったんですかい」

話の流れからして目の前の男がまだなにも知らないのは明白だった。七十郎は語った。

「ええ、殺されたっ。本当ですかい」

「本当に決まってるじゃないの。だからお役人がこうして見えてるのよ」

また女がいった。

「うるせえっていってんだろう」

男は唾を吐きかねない顔で、七十郎のほうに向き直った。

「じゃあ、あの大八車の三人が先生を手にかけたんですかい」

「おそらくな」

男の顔色がさっと変わった。薄闇を通しても青ざめたのがわかった。

男の心の動きを、七十郎は手に取るように理解した。

「安心しろ。やつらはおぬしには気づいておらぬ。もし気づいていたのだったら、その場でおぬしのことをなんとかしようとしたはずだ」

男が吐息を漏らす。

「そうですよね。なにもされないですよね。お役人のいう通りですよね」

「まったく相変わらず気が小さいねえ」

女が小声で毒づく。男が着物をばっと音をさせて振り返った。

「てめえ、さっきからうるせえっていってんだろうが」

ここまでだった。なにか思いだしたことがあったら、必ず奉行所まで届け出るように男に告げて七十郎はきびすを返した。

清吉とともに木戸を出て、広い通りに出ると寒風が体をあっという間に包みこんだ。すっかり夜のとばりがおりてきている。

七十郎は背筋を震わせた。清吉も、寒いなあ、とつぶやいている。

「旦那、ちょっと待ってください。今、こいつに火を入れますから」

清吉が近くの路地に入り、風をよけて小田原《おだわら》提灯を灯した。

「お待たせしました」

清吉が先導するように前を行きはじめた。

七十郎は、提灯が照らすほんのりとした明るさのあとをついていった。

しかし、と七十郎は思った。どうして下手人は大八車を用意したのか。思案はそこに戻ってゆく。

やはり法徳の死骸をどこかに運ぼうとしていたのか。刺した匕首を抜かなかったのは、そのことに関係しているのか。

つまり、と七十郎は考え続けた。あの家で法徳を殺したとさとられたくなかったということか。

死骸が見つからなければ、法徳が失踪《しっそう》したにすぎず、殺されたかどうかもわからない。それが狙いだったのだろうか。

赤子を法徳に診てもらいに行った夫婦は、昨夜話した以上のことは見ていないのだろうか。もしくは、昨夜いい忘れたことはなかっただろうか。

昨夜はなにしろ動転していただろうし、赤子のこともあった。

目にしたすべてのことに気がまわらなかったというのは、十分に考えられる。

「旦那、これからどちらへ」

清吉の声には、もう終わりですか、という期待が含まれている。

「すまんな、清吉。もう一軒行きたいところがある」

「どこですかい」

七十郎は口にした。

「あの夫婦のところですかい。なにか新たに思いだしたことがないかきくんですね」

このあたりは長年一緒にやっているだけあって、清吉はよくわかってくれる。

達吉夫婦は、若宮町《わかみやちょう》の裏店《うらだな》に住んでいた。若宮町は、市ヶ谷田町四丁目代地から西へ二町（約二百十八メートル）ほど行ったところにある。

四畳半一間の店だ。そのせまい一角で、三人家族は身を寄せ合うように暮らしていた。

「昨晩のことですかい」

達吉は七十郎がやってきたことにかすかに眉をひそめたが、真摯《しんし》に昨夜のことを思いだそうとしてくれた。

「実はおまえさんたち、三人が法徳さんを運ぼうとしているところに鉢合わせしたんじゃないのか」

「――おまえさん」

赤子をあやしている女房のお津留がうしろから声をかけてきた。

「お役人のおっしゃる通りだよ。あの人たち、法徳さんの手足を持っていなかったかい」

達吉が振り返る。

「手足を持ってただと」

「そうよ」

下を向き、額に手を当てて達吉は必死に思いだそうとしている。

「ああ、そうだ。お津留、その通りだよ」

七十郎に顔を向けてきた。

「そうです、そうです。あの三人のうち、二人が法徳さんの手足を持って外に運びだそうとしていたんです。それであっしらとばったり会っちまったんですよ……」

やはりそうだったか、と七十郎は思った。

「お役人、すみません。昨日思いだしていれば、わざわざここまでお運びにならなくてすんだのに」

「かまわんよ。これが仕事だ」

七十郎は、ほかに思いだしたことがないかたずねた。二人は一所懸命に考えてくれたものの、脳裏に残っていることはなにもないようだ。

「ありがとう、助かった」

ていねいに礼をいって、七十郎は達吉夫婦の住む長屋をあとにした。

「賊が法徳さんをどこかに運ぼうとしていたことは、これでまちがいないですね」

前を歩く清吉がいった。

「そうだな。あとは、大八車がどこから来たのか知りたいな」

「それがわかれば賊どもの居どころにたどりつけるかもしれませんものね」

「そういうことだが、これはちょっと無理かな」

なにしろ江戸には大八車があふれているのだ。

「旦那、どうします」

「飲み屋のことか」

「いえ、ちがいますよ。それはまた今度でけっこうです。どういう探索の方針でいくかっていうことです」

七十郎は少し考えた。

「やはりうらみの筋しかないだろうな。法徳さんの身辺を調べてみよう」

六

お多喜が寄ってきた。

のしのしと床板を踏み鳴らすように歩いてくる。その姿は、久岡家の女中頭というにふさわしい威厳が備わっていた。

「勘兵衛さま、こちらで朝餉《あさげ》をとられますか」

「ああ、そのつもりだ」

「でも勘兵衛さまは久岡家の当主なのですから、部屋住みのような真似《まね》をされることなどないのに」

「長年、台所で食べ続けていたせいか、畳の上よりこちらのほうが気楽なんだ」

一度土間におりたお多喜がまた上にあがってきた。勘兵衛の前に静かに膳《ぜん》を置く。

「どうぞ、お召しあがりください」

「ありがとう」

箸を手にして勘兵衛は膳をのぞきこんだ。

「納豆《なっとう》に海苔か。うまそうだな」

よくかきまぜた納豆に醬油《しょうゆ》を垂らし、たっぷりとご飯の上にかけて、がつがつとかきこんだ。

「勘兵衛さま、もう少しゆっくり食べられたらいかがですか」

その場を去らずに勘兵衛の食べっぷりをじっと見ていたお多喜がいった。

「そのほうがお体のためにはずっとよろしいですよ」

「そうらしいな」

十分に嚙《か》んでから飯と納豆を飲みくだし、勘兵衛はしじみの味噌汁《みそしる》をずずっとやった。

しじみのだしが、お多喜がつくる味噌のうまさと相まって、ため息が出るほど美味だ。

「もう一杯もらってもいいか」

勘兵衛は味噌汁の椀《わん》を差しだした。

「ええ、いくらでもありますから」

お多喜がよそった味噌汁を勘兵衛は受け取りざま、がぶりと飲んだ。

あっちちち。舌を焼く熱さに吐きだしそうになったが、なんとか我慢した。

「なんでこんなに熱いんだ」

暑さにやられた犬のように舌をだして、勘兵衛はきいた。

「申しわけございません。火からおろすのを忘れておりました。でも勘兵衛さま。今のだってゆっくりと飲めば、ひどい目に遭わずにすんだのですよ」

「まあ、そうだろうな」

勘兵衛は今度は慎重に椀に口をつけた。

「お多喜、おまえはいつもゆっくりと食べているのか」

「ええ、そうですよ」

「とすると、ゆっくり食べるのも考えものだな」

「どうしてでございます」

「だってゆっくり食べると、樽《たる》みたいな体つきになるんだろう。お多喜、おまえ最近、前にも増して太ったようだぞ」

「ま、なんという申しようでしょう」

お多喜の目がつりあがる。

「私は太ってなどおりませんよ」

「そんなことはないと思うが」

お多喜が不意にかがみこんだ。膳を両手でいきなり持ちあげる。

「まだ食べ終えてないぞ」

「私のようになりたくないなら、もうおしまいになされませ」

のっしのっしと肩を揺らして、お多喜は土間におりていった。

勘兵衛は月代《さかやき》をかいた。

「しくじったな。あんなこと、いわなきゃよかった」

茶をもらいたかったが、お多喜にはさすがに頼みづらい。

仕方なく勘兵衛は立とうとしたが、すぐそばに急須と湯飲みが置いてあるのに気づいた。

勘兵衛は甘く、ほどよいこくがある茶を立て続けに二杯飲んだ。

口がさっぱりして、いい気分だった。

土間に目をやる。若い女中にお多喜が漬物の漬け方を教えている。目が真剣で、生き生きしていた。

「お多喜、ありがとう、うまかったよ」

声をかけると、お多喜がうれしそうに笑い返してきた。

子供の頃からくだらないいい合いは数えきれないほどしてきて、さっきくらいのことで仲がおかしくなるようなことは決してない。

妻の美音に着替えを手伝ってもらい、勘兵衛は久岡屋敷を出た。

単身だ。徒目付となってから、供をつけることはほとんどなくなった。以前つとめていた書院《しょいん》番ならほぼ一日中、詰所に座っているだけですんだが、今はそうではない。

久岡屋敷から、事件の起きた場所にじかに赴くこともある。

そういう場合、場所自体を隠しておきたいこともあるし、秘匿すべき事実が生じることもあり、そのために供を連れていかないのだ。

それに、もともと下城の刻限がいつになるかわからない。供たちをいつまでも門外で待たせておくわけにはいかないのだ。

至るところに霜がおりていた。道も塀の上も屋根も、斜めから射《さ》しこむ弱々しい光を浴びて、きらきらと光っている。

霜がはね返す光のほうが力強く感じた。霜は短く刈り取られた草のようで、その上に夜露がのっているように見えた。

勘兵衛と修馬は徒目付頭の麟蔵に、今日の予定を告げて許しを得てから、城外に出た。

二人は肩を並べて道を歩きだした。

日が高くなってきたと同時に少しは気温があがったようで、霜が溶けだしている。道はぬかるみはじめていた。

勘兵衛と修馬の着いた先は、助四郎の通っていた道場だ。

町は牛込御納戸《おなんど》町。

幕府の納戸役が住む町だが、実際には町屋がほとんどだ。納戸衆は町人相手に貸家をすることで、微禄《びろく》の足しにしているのだ。

剣術道場は垣田《かきた》道場といい、この寒い朝はやくから、激しい気合と竹刀《しない》の打ち合う音を響かせていた。

「なかなかやる気がある道場みたいだな」

修馬が感心したようにいった。

「そのようだ」

勘兵衛はうなずき、訪いを入れた。すぐに若い門人が入口にあらわれ、用件をきいた。

勘兵衛と修馬は身分を告げ、岩永助四郎のことで話をききに来た、といった。

待たされることなく奥に通される。替えたばかりのような青々とした畳が敷かれた座敷だ。い草の香りに包まれて、気持ちが落ち着く。

すぐに二人の男が姿を見せ、勘兵衛たちの前に正座した。

道場主の垣田六左衛門《ろくざえもん》と師範代《しはんだい》の恩田新五郎《おんだしんごろう》である。

勘兵衛たちもあらためて名乗り返した。

「助四郎のことで話を、とのことですが」

師範代のほうがいった。新五郎は赤ら顔で、いかにも気が短そうな感じがある。性急なものいいだった。

勘兵衛は、どういう経緯でこの道場にやってきたかを語った。

「助四郎が行方知れずなのですか」

さすがに驚き、新五郎と六左衛門が顔を見合わせる。

「どうして助四郎はいなくなったのです」

新五郎がたずねる。

「そのことをききに、それがしどもはまいりました」

「ああ、そうですよね。失礼いたしました」

新五郎は額に浮いた汗を、腰に下げている手ぬぐいでふいた。

「四日前、この道場に助四郎どのがやってきたのはまちがいないですね」

勘兵衛は二人にただした。

「ええ、まちがいありません」

師範代が答えた。

「助四郎がやってきたのは、二日ぶりでした。刻限は五つ（午前八時）すぎでしたか、朝稽古《あさげいこ》も一段落して、どことなくのんびりとした空気が流れているときにやってきたのです」

「助四郎も十代とはちがい、毎日来るということはほとんどなくなっていましたな」

六左衛門が口をひらいた。ややしわがれているが、穏やかない声だ。

顔はしわ深いが、髪はまるで墨でも塗りたくったかのように濃く、つやがある。歳がいくつか知れないが、かなり若く見える。

「最近では、だいたい三日に一度くらいでしたか。まあ、その気持ちもわからんではないのですよ。剣はのびぬし、素質も残念ながら、そこそこなので。助四郎は二十三歳ですが、そのくらいになれば自分の実力がどの程度のものか、わかってしまいますのでな」

道場主が勘兵衛をちらりと見た。

「こちらの方はだいぶ遣われるようですな」

「さすがですね」

修馬が親しみをこめて笑いかける。

「徒目付随一の手練《てだれ》です。いや、もしかしたら大番《おおばん》や書院番、新番《しん》など番衆のなかでも、この久岡勘兵衛にかなう者はおらぬかもしれませぬ」

「ほう、それほどの遣い手ですか」

六左衛門の瞳がきらめいた。

「竹刀をまじえたいものですな」

「いえ、それは次の機会に譲りましょう」

勘兵衛は告げ、よけいなことをいうな、というように修馬を軽く見据えた。

「助四郎どのは、剣がのびぬことを悩んでいましたか」

勘兵衛は二人にたずねた。

「いえ、そのようなことは。もともと剣で身を立てようとは考えていない男でしたから」

六左衛門がいい、新五郎が続ける。

「助四郎の場合、部屋住みの血のたぎりを竹刀を振ることで静めようとしているところが見えました。勝負に対する執着も大身の家の子というのも関係しているのか、ほとんどなかったですし」

なるほど、と勘兵衛はいった。

「養子の口がまだないということで、焦りのようなものを見せたことは」

「それもなかったですね」

師範代があっさり答えた。

「選《え》り好みさえしなければ、なにしろ二千七百石の家ですから、婿入りがさほどむずかしくないのはわかっていたと思いますよ」

そうだろうな、と勘兵衛は思った。大身の家のせがれを婿に迎えることができれば、持参金だけでもかなりの額になるだろうし、実家からさまざまな援助を受けられるようにもなるだろう。

小普請《こぶしん》の家なら、役につけるよう口利きもしてもらえるかもしれない。

「最近、助四郎どのにおかしな様子はありましたか」

「なかったと思います」

「気がつきませんでした」

二人はそろって首を横に振った。

修馬がやや体を前にだし、きく。

「助四郎どのと最も親しい友人はどなたでしょう」

「田端伝兵衛《たばたでんべえ》ですね」

新五郎が即座に答えた。

「確か、四日前も助四郎と飲みに行ったはずですよ」

今朝も来ているとのことで、立ちあがった新五郎はいったん席をはずすと若い男を連れて戻ってきた。

「田端どのだけにしてもらえますか」

修馬がいうと、六左衛門と新五郎は、わかりました、と座敷を立ち去った。

伝兵衛は、二人の徒目付を前にさすがに緊張した面持ちだ。

丸顔のなかにやや垂れ気味の目があって、人がよさげに見える。筋骨は鍛えられて両肩などがっしりと盛りあがっているが、腕のほうはさほどのものとは思えない。

「まあ、そんなにかたくならんでもよい」

修馬が気持ちをほぐすようにいう。

「別に、おぬしがなにかしでかしたというわけではない。話をききたいだけだ」

「わかりました」

伝兵衛のやや青かった頬に赤みが差したのを見て、勘兵衛は助四郎の失踪のことについて知りたい、といった。

助四郎の兄からすでにきいてはいたのだろうが、徒目付からじかにいわれて伝兵衛は呆然《ぼうぜん》とした。

「四日前、助四郎どのと二人で飲みに行ったとのことですが、まちがいありませぬか」

顔を突き出すようにして修馬がきく。

「まちがいありませせぬ。昨夜に限らず、助四郎と行くときはだいたい二人です」

「どこで飲んだのです」

「この近くの尾浜《おばま》という煮売り酒屋です」

「そのとき、助四郎どのにおかしなところはありませんでしたか」

「いつものあいつでした。ええ、どこにも変わったところは」

「どんなことを話しましたか」

「お恥ずかしい話ですが」

伝兵衛がうつむいた。

「部屋住みのつらさをいい合いました。しかし、これはあの晩だけではなくて、いつものことなんですよ」

勘兵衛にも気持ちはわかる。修馬も同じはずだ。

「だいぶ飲んだのですか」

「いえ、二人でちろりを二つあけたくらいです。いつもより少ないくらいでした」

「飲み屋を出たあとは」

「助四郎は別の飲み屋に行くといいました。それがしは悪所《あくしょ》に」

「助四郎どのの行った飲み屋というのは」

「それがしも知らぬのです。助四郎は教えてくれなかったものですから」

修馬が眉根を寄せた。

「なにゆえ教えなかったのでしょう」

「その店の親父《おやじ》がちょっと変わった人で、その許しを得ぬと連れていけぬみたいなことをいってました」

修馬が少し考えこみ、勘兵衛を見た。

勘兵衛は身じろぎし、伝兵衛の目がこちらを向くのを待った。

「助四郎どのが、どうやってその飲み屋を知ったかご存じですか」

「いえ、きいておりませぬ」

伝兵衛はかぶりを振ったが、すぐに言葉を続けた。

「その飲み屋を助四郎が知ったのは、ここ最近のようでした。おそらく紹介してくれた人があったのでしょう。いずれ、それがしも連れてゆくといっていたのですけどね」

正確な場所こそ知らないが、伝兵衛にはそのあたりでは、と見当をつけている界隈《かいわい》があるという。

「牛込原町《はらまち》のほうではないかと思います。少し前、酔った助四郎が、新宮水野《しんぐうみずの》家の下屋敷のほうだ、と口にしたことがあるのです」

「わかりました」

修馬がいい、さらに続けた。

「助四郎どのは、うらみを買うような人柄でしたか」

伝兵衛があっけにとられたような顔をした。

「では、助四郎は誰かに連れ去られた、とおっしゃるのですか」

「そういうことも考えなければならぬ、ということです。答えていただけますか」

「性格は明るいですし、誰かにうらみを買うような男とはとても思えぬのですが」

「誰かと喧嘩《けんか》したとか、いさかいを起こしたとか、そのような話をきいたことは」

「ありませぬ。もともと助四郎はそのようなものを避けている男でしたから。町人の酔っ払いに絡まれたときだって、さっさと謝ってしまうような男です」

「女のほうはいかがです。二十三ですから、好きな女の一人くらいいたのでは」

「あまりそういう話は出なかったですね。悪所にも興味はないようでしたし」

「助四郎どのは、もしや女のほうではなかったのですか」

さすがに伝兵衛が苦笑した。

「それはないと思います。そうかどうかは長年のつき合いですから、わかります」

ふと笑みを消し、伝兵衛が考えこんだ。なにかを思いだしかけているような顔つきだ。

勘兵衛たちは黙って待った。

「そういえば一度だけ、女のことを口走ったことがありました」

「その女の人の名をききましたか」

たようです」

「きいたような気がするのですが、覚えておりませぬ。でも、助四郎はずっと好きでい

名を思いだすように修馬が迫ったが、伝兵衛は本当に覚えておらぬのです、としかいわなかった。

これ以上、押したところで答えを引きだせるはずもなく、勘兵衛たちは垣田道場を辞した。

七

七十郎は、法徳が市ヶ谷田町四丁目代地に住みだして七年目であることを、人別帳《にんべつちょう》の記載から知った。

法徳の請人《うけにん》になったのは、法徳の家の持ち主だ。

市ヶ谷田町四丁目代地に住んでいるわけではなく、家作《かさく》は大家にまかせ、自身は市ヶ谷田町三丁目に住んでいる。

市ヶ谷田町三丁目は江戸城の堀沿いに細長くのびる町で、家持の男はそのちょうどまんなかあたりに居を構えていた。

家持は作蔵《さくぞう》といい、よく肥えた男だった。赤黒い肌をし、目や口が鼻を中心に集まっ

ているような顔をしていた。

ひどい汗かきのようで、火鉢一つ置いていないのに顔から汗が絶え間なく噴きだし、それをせわしなく手ぬぐいでふいている。月代は剃ってあるが、うしろ頭や鬢《びん》などには白髪がかなり混じっている。

家はさすがに広い。どこからか子供の声がしている。男の子だけでなく女の子の声もしていた。

喧嘩でもしているようで、激しく泣いている。

「お孫さんですか」

七十郎の斜めうしろに控えた清吉が目を細めてきく。

「ええ、そうです。仲はいいんですけど、たまにああいうふうになりますね」

大人の女の声がして、子供の泣き声はきこえなくなった。

家のなかが急に静かになった。

「法徳さんのお話をききたいとのことでしたね」

相変わらず汗をふきふき作蔵がいう。

「さようです。おぬしが法徳さんの請人になったいきさつをききたいのだが」

七十郎はさらに続けた。

「ふつうは家作をまかせてある大家が請人になることが多いはずだ。それがなぜわざわざ家持が請人になった」

「そのことですか」

作蔵は、顎を首にめりこませるようなうなずき方をした。

「法徳さんがこの町に見えた頃、家作をいくつかまかせていた大家が亡くなってしまいましてね。あと釜《がま》を捜すまでしばらく、手前が大家の代わりをしてたんですよ」

そういうことか。七十郎は納得した。

「人別帳を見ると、法徳さんは駿河府中《するがふちゅう》から出てきているな。どうして江戸に出てきたか、そのあたりのことをきいているか」

「手前は存じません。なにかわけがあったのだろうとは思いますが、そのような者などこの江戸にはいくらでもいるでしょう」

「その通りだな」

七十郎は逆らわなかった。

「わけあって駿府《すんぷ》から出てきた、という感じはしたのだな」

「それはもう」

「駿府から人別送りがされていないようだが」

「そのことは手前も気になっておりまして、何度か法徳さんにただしたのですが、なんとなくそれっきりになっていました。申しわけございません」

そのことで気がさしたか、作蔵が汗をふく手をとめた。

「そういえば法徳さんとはじめて会ったとき、妙だな、と思ったことがありました」

「どんなことだ」

うしろで清吉も身を乗りだしたのが気配でわかった。

「駿河なまりらしいものを感じなかったんですよ。手前はむしろ、江戸で長く暮らしているという感じを受けましたね」

「江戸でな。そのような不審を抱いたのに、家作に住まわせたのか」

「申しわけございません。法徳さんは医業のあの繁盛ぶりでわかるように、人柄はとてもよかったものですから」

作蔵の顔からさらに汗が噴きだしてきたのを七十郎は見た。なにか隠しているのでは、と直感した。

「法徳さんに金を積まれたな」

「いえ、まさかそんな」

「嘘《うそ》をつく気か。おまえさんがそういう気なら、奉行所で調べたっていいんだぜ」

七十郎はわざと伝法な口調でいった。

奉行所、という一言で作蔵は畏《おそ》れ入った。

「申しわけございません。おっしゃる通りです」

「大金だったのか。どのくらい積まれた」

「いわなければまずいのですか」

七十郎は黙って待った。

「包み金一つです」

「二十五両か。けっこうなものだな」

七十郎はだされている茶をはじめて手にした。渇いた喉を湿らせてから、目の前の家持を見た。

「法徳さんは金持ちだったのか」

「さあ、わかりません」

法徳が手にしていた金。家を借りるのにぽんと二十五両払うくらいだから、その当時、かなりの金を所持していたのはまちがいあるまい。

その金をどうやって手に入れたのか。

犯罪のにおいだ。今回殺されたのも、そのことが原因ではないか。

「江戸に長くいたと感じた、といったな。それがどこかきいたことはないか」

作蔵がせかせかと汗をふいた。

「手前は存じません。きいたこともございません」

「酔って口走ったなどということは」

「法徳さんとは町がちがうこともありまして、一度も飲んだことはありませんし、法徳さん自身、お酒は好きみたいでしたが、外で飲むということは滅多になかったようです」

とにかく、と七十郎は思った。法徳が以前、どこで暮らしていたのか、それを突きとめなければならない。

駿府の出、というのはまずまちがいないだろう。しかし、駿府から江戸に出てきたのは七年前ではない。

「ほかに法徳さんについて気がついたことはないか」

「ほかですか」

作蔵は新たな手ぬぐいを懐から引っぱりだして、顔の汗をぬぐいはじめた。下を向いて必死に考えている。

「そういえば」

不意に顔をあげた。

「法徳さん、どこかおびえているような感じがありましたね。あの家は、神楽坂近くの寂しいところにありますよね。そういう人けのない場所がはなからほしかったみたいです」

追われていたのかもしれぬ、と作蔵の家を出て七十郎は思った。それは七十郎たちのような町方《まちかた》役人からではない。

犯罪仲間からではないか。

ということは、法徳が持っていたのは裏切りで手にした金ということになるのか。

しかし、追われていた割に市ヶ谷田町四丁目代地で七年暮らしていた。これは逆に、ずいぶんと長いような気がする。

逃げているのなら、居場所をもっと転々としそうなものだが。

動けない理由が法徳にあったのか。

その思いを清吉に伝えると、そんな場合、理由はただ一つですよねえ、と清吉はにんまりと笑っていった。

「女ですよ」

八

「勘兵衛、見つからんな」

首を振り振り修馬がぼやく。

「見ろ、勘兵衛、もう日が暮れていきやがるぜ」

鮮やかな夕日が江戸の町を染めあげている。町屋の屋根、寺の巨大な屋根、道を行きかう人たちの顔、すべてが赤くなっている。

空の上のほうには灰色がかった雲のかたまりがいくつか浮いているが、雨を呼ぶような厚みも大きさもなく、端のほうが夕日に当てられて、にじんだように橙色《だいだいいろ》になっている。


牛込原町を探し歩いたが、助四郎が出入りしていた店は見つからない。

「飲み屋だからな、夜にならぬとやらぬのだろう」

勘兵衛がいうと、修馬が顔をしかめた。

「だが勘兵衛、ふつうの飲み屋ならこの刻限、ひらいているはずだ」

「そうなんだよな」

勘兵衛は立ちどまり、道のまんなかで腕組みをした。

「店の親父は変わっているとのことだったな。とすると、おそくなってから店をひらく、というのも考えられぬでもないな」

「とりあえず切りあげるか」

軽く息をつき、修馬がいった。

「そうするか。また出直してみよう」

勘兵衛と修馬は帰城した。

今日一日の報告を麟蔵にし、さらに、なにをし、どういうことがあったかこと細かに日誌に記した。

勘兵衛と修馬は連れ立って城を出た。

「勘兵衛、いま何刻だ」

「五つ（午後八時）前といった頃合ではないか。もう牛込原町に行っても大丈夫だろう」

「まだはやすぎるのではないか」

「そんなことはあるまい」

「いや、ここは慎重を期したほうがいい」

「なにを企《たくら》んでいる」

「企んでいるというのは言葉が悪いな。ときを潰《つぶ》すいい考えがあるんだ」

「なんだ」

「勘兵衛、楽松《らくまつ》に行こう」

「ちょっと待て、修馬。楽松は麴町《こうじまち》だぞ。そこで飲んで、それから牛込原町まで行くのか。願い下げだな」

「おごるから、行こう」

「楽松なら、おごったところでさして腹は痛まんだろうが」

「だが、ただ酒はうまいぞ」

「俺は好きではない」

結局、修馬に引っぱられるようにして勘兵衛は連れていかれた。

もっとも、ここしばらく楽松の酒と料理を味わっていないこともあって、ずっと行きたい気持ちは持っていた。

楽松は今日もかなりの武家が入り、町人も多く混んではいたが、座れないほどではない。

二階座敷の端に小女《こおんな》が間仕切りを立ててくれ、勘兵衛たちはそこにおさまった。

修馬が酒と肴《さかな》を適当に頼むと、小女はわかりました、と階段をおりていった。

すぐに刺身の盛り合わせや魚の煮つけたもの、焼き魚、大根と烏賊《いか》の煮物などがやってきて、目の前はにぎやかになった。

酒は熱燗にしてもらったが、それでうまさが減ずるようなことはなかった。

「さすがにうまいなあ」

修馬が喉を鳴らす。

勘兵衛は大根のやわらかさに感動した。烏賊のだしが染みこんでいて、酒との相性もすばらしい。

「いい店だな」

勘兵衛は心の底からいった。

「勘兵衛、こういう店が江戸中にあると、俺たちも酒を飲むのが楽になるよな」

「江戸中にあるというのはつまらぬな」

「どうしてだ」

「感動が薄れる」

「それはいえるな。こういう店は数少ないから、やってきたときうれしくてたまらなくなるんだよな。勘兵衛、やっぱり来てよかっただろう」

「確かにそうだが、修馬、飲みすぎるなよ。まだ仕事が終わったわけではないぞ」

「わかっているさ。まかしてくれ」

修馬は立て続けに杯をあけた。

「なあ、勘兵衛」

修馬がやや据わったような目をし、勘兵衛の肩に手を置いた。

「お美枝のこと、忘れておらんよな」

「当たり前だ。実をいえば、暇なとき、取りかかっておけばよかった、と後悔していた」

「後悔していたのか。それがわかればいい。忘れられているのでは、と怖《こわ》かったんでな」

「そうか。ちと厠《かわや》に行ってくる」

勘兵衛は席を立ち、階段をおりた。

小用をすませ、手水場《ちょうずば》で手を洗っているとき、体がかたまる感じがした。背後から粘りつくような眼差しを浴びせられたからだ。

この眼差しには、なんとなく覚えがあった。だが、誰のものだったかは思いだせない。しばらく、かかしのようにじっとしていた。他の客が怪訝《けげん》そうに勘兵衛を見たそのとき、不意に眼差しは消えた。

目に見えぬ目に磔刑《たっけい》にされていた気分だった。おもしろくない。くそっ。勘兵衛は内心で毒づいてから両肩を揺らし、座敷に戻った。

「どうした、ずいぶん長かったな」

勘兵衛は修馬の前に座った。

「なんだ、なにかあったのか。顔色が悪いぞ。勘兵衛、亡霊にでも会ったのか」

「そんな気分だ」

「なんだ、なにがあった」

声を低くして勘兵衛は話した。

修馬が眉をひそめる。

「眼差しだと。覚えがあるといったが、誰のものかわからぬのか」

「残念ながら」

「そうか。これだけ混んでいる店のなか、すべての客を見てまわるわけにはいかぬしな」

「修馬、出よう」

もっと飲みたかったようだが、修馬は素直にうなずいた。

楽松を出た。途端に寒気に包まれた。

風はないが、しんしんと地面のほうから冷えており、足裏があっという間に冷たくなってきた。

二人で夜の江戸を、牛込原町に向かって歩いた。

修馬が持つ提灯は道を明るく照らしだしてくれたが、勘兵衛は背後が気になって仕方なかった。

「勘兵衛、なにをびくついている。さっきの眼差しがそんなに気になるのか」

「気になる」

「よっぽどいやな眼差しだったのだな」

「ああ、粘りつく、というのがぴったりの眼差しだった」

「そんな眼差しの持ち主、そうそうおらぬと思うが、本当に思いだせぬのか」

「考えてはいるのだけどな」

なにごともなく牛込原町に着いた。

まわりに寺や武家屋敷が多い町は、特に暗く感じられた。肩を組んでおだをあげている酔客の姿はけっこうあった。

そういう者に、親父が変わっているという店に心当たりがないか、ききまわった。

返事は、あの店の親父はとにかく頑固者ですよ、あそこの店のあるじは偏屈ですよ、その店の主人は本当に変わり者でしてねえ、という者がほとんどで、勘兵衛と修馬は四つをすぎるまで調べまわったが、結局見つけることはできなかった。

「今日はここまでだな」

勘兵衛は修馬にいった。

「ああ、すっかり酔いも飛んでしまったよ」

歩きまわったことで、修馬はうっすらと汗をかいている。

「風邪を引くなよ」

「風邪なんかここ何年も引いておらぬ。勘兵衛こそ、気をつけろ」

そんなことをいい合いながら、二人は番町に戻ってきた。

勘兵衛は懐から小田原提灯を取りだし、修馬から火をもらった。

「じゃあ、これでな」

勘兵衛がいうと、修馬が危うそうな表情で見ていた。

「大丈夫か。送っていくか」

「眼差しのことか。大丈夫だよ。それに修馬では残念ながら護衛にならぬ」

「はっきりいうな。だが確かにその通りだ。じゃあ勘兵衛、また明日」

「ああ、また明日だ」

勘兵衛は、小田原提灯が照らす心細い光の筋をたどって久岡屋敷に帰った。

そのあいだも眼差しのことを考えて、緊張していた。今にも背後から斬《き》りかかられるのでは、という危惧《きぐ》を払いのけられなかった。

「お帰りなさいませ」

妻の美音が式台で迎えてくれた。

「ああ、ただいま戻った。すまぬな、おそくなった」

「そのようなことはよいのですが」

美音が眉を曇らせる。

「どうした、そんな顔をして」

「いえ、私よりあなたさまの顔色が。風邪でも召されましたか」

美音が、勘兵衛の額の汗をそっと手のひらでぬぐってくれた。

「いや、風邪ではない」

心配をかけたくないのであまりいいたくはなかったが、美音にはなにを隠したところで見抜かれる。

なにがあったか、廊下を渡りながら勘兵衛は語った。

「そのような眼差しを感じたのですか」

美音は気がかりそうだ。

「何者なのか思いだせぬことが、ちょっといやな気分だ」

それでも、美音にこうやって話したことで心が落ち着きはじめている。

勘兵衛は風呂に入る前に、もうとっくに寝ている娘の史奈《ふみな》の顔を見た。愛娘《まなむすめ》の寝顔を目にした途端、今日の疲れが飛んでゆく気がした。

風呂に浸《つ》かってから寝所に敷かれた寝床に横たわる。たっぷりと日に当てられていたようで、布団は太陽のにおいがした。

隅に灯されたぼんやりとした行灯の光の下、じっと目を閉じていると、また眼差しのことが脳裏に戻ってきた。

誰だったのか。勘兵衛は必死に考えたが、わからなかった。

襖《ふすま》が静かにひらく。目をあけると、美音だった。勘兵衛の横にもぐりこんできた。

勘兵衛はすぐさま抱き寄せた。

美音からは甘い香りが放たれている。勘兵衛はその香りを存分に嗅いだ。

この香りだけでは我慢できず、勘兵衛は美音の着物をそっとはだけた。

九

清吉が疲れた顔を見せている。

「どうした」

「旦那、腹が空きませんかい」

七十郎は腹を押さえた。いわれてみれば、もう昼の八つ近いはずだが、まだ昼餉を食べていなかった。

七十郎はまわりを見渡した。

「すまなかったな、気がつかなくて。このあたりでいい飯屋はあるか」

「なんでもいいんですかい」

「清吉が食べたい物ならなんでもいい」

「でしたら、魚でいいですか」

「好物なのは知っているだろう」

「そうでしたね。旦那はもともと好ききらいがないから、こちらも楽なんですけど」

連れていかれたのは、市ヶ谷左内坂町《さないざかちょう》にある鳥越《とりごえ》という一膳飯屋《いちぜんめしや》だった。

「鳥越なのに、魚がうまいのか」

「鳥越っていうのは、ここのあるじが出た村の名らしいですよ」

今日はうっすらと空は曇っている。そのせいで日の光はほとんど地上に届いていないが、風があまりないせいで、昨日ほど寒くない。

道に長床几《ながしょうぎ》が五つほど出ていた。そのうちの二つがふさがっているだけで、七十郎たちは端の一つに腰をおろした。

「お役人、どうかこちらにお座りになってください。そちらでは寒いでしょうし」

店主らしい男が出てきて、座敷に入るよういざなった。

「いや、ここでよい。今日はさして寒くもないし」

承知いたしました、とあるじは無理強いはしなかった。

「なににいたしましょう」

清吉が注文したのは鰤《ぶり》だった。

あまり待つことなく小女が持ってきた膳にのっているのは、鰤を醬油で煮つけたものだ。脂が汁に浮いているが、そんなにしつこそうには見えない。旨みだけを残して、不要な脂は抜いているようだ。

「清吉、これは期待できるな」

「期待していただいてけっこうですよ」

清吉は自信満々だ。

「うまいだろうというのは、はなからわかっていたんだ。あの店主の態度だ。客を慮《おもんぱか》れるあるじのやっている店がうまくないはずがない。よし、ではいただくか」

七十郎はまず飯にかぶりついた。冷めてはいるが、炊き方がうまいのだろう、むしろ甘みが増している。

味噌汁はわかめだった。だしがよくきいていて、こくのある味噌と合っている。

鰤に箸をつけた。

口に入れた瞬間、ふわっと鰤の旨みが広がった。こんな鰤を食べたのは久しぶりだ。勘兵衛に連れていってもらった楽松の鰤にまったく劣らない。

「すごいな、これは」

七十郎は嘆声を漏らした。

「でしょう」

七十郎は鰤をしゃぶり尽くすように食べ、最後に残ったのは数本の骨だけだった。いや、汁が残っている。七十郎は飯をもらい、汁をかけて茶漬けのようにして食べた。満足して茶を喫した。茶は濃くいれてあり、口のなかの脂が洗い流されてさっぱりした。

清吉が手で口を隠して、爪楊枝《つまようじ》をつかっている。いかにも満たされたという顔だ。

七十郎は代を払い、やや冷たさを帯びた風が吹きはじめた道を歩きだした。

「清吉、やる気が出たか」

「旦那、あっしはいつもやる気満々ですよ」

声に張りとつやが戻っている。

その後、市ヶ谷田町四丁目代地界隈を調べ、法徳の身辺のききこみを行った。法徳の近所の者、患者、たまに行っていたらしい飲み屋、よく酒を買っていた酒屋、通っていた湯屋など、法徳と一度でも口をきいたことがある者はすべて当たった。

湯屋の二階で法徳は、好きな将棋をよく指していたそうで、七十郎は五名ほどの対戦相手にも会った。

ここで収穫があった。

それまで七十郎たちが会ってきた者は、法徳の女など誰一人として知らなかったが、将棋相手の一人である若い男が、首を一つひねってからこういったのだ。

「一度、法徳さんが女の人と一緒に歩いているところ、見たことありますよ」

男は屋根屋で、家の屋根をしころで葺《ふ》くことを生業としている。今日は十日ぶりの休みとのことで、長屋でごろごろしていたらしい。男からは酒の香がにおった。

「どこで見た」

「屋根の上で見たんですけど」

「ちがう。どこの町だ」

「ああ、すみません」

男が頭をかく。目を上にあげて、どこだったかなあ、とつぶやいた。

ぽんと手のひらと拳を打ち合わせた。

「あれは牛込揚場町《あげばちょう》ですよ。えーと、確か三月ほど前だと思います。天気のいい日で、ものすごく暑かったのを覚えてますから」

「どんな女だった」

「年増《としま》でしたね。三十は超えていたんじゃないかと思いましたけど、ほとんど日焼けしてなくて、裾先《すそさき》からのぞく足が妙に白かったですねえ」

「その女のことを法徳にきいたか」

「もちろんですよ。堅物《かたぶつ》で通ってる法徳さんに女が、と思ったら俄然《がぜん》興味がわいてきて、湯屋で一緒になったときにききました」

「法徳さんはなんと」

「患者さんだよ、といってました。ただ、法徳さんらしからぬ怖い顔をしましたね」

「おぬし、その女のことをほかの者に話さなかったのか」

「ええ、そういうこってす。法徳さんのあの顔を見たら、話さないほうがいいんだな、とわかりましたし。あっしはほかに取り柄もねえ男ですけれど、口だけはかたいんですよ」

妙に白いか、と七十郎は屋根屋の男の店を離れて思った。

法徳のいう通り、患者だろうか。だが、怖い顔をした、というのが気になる。

その女が、法徳の女、というのは十分すぎるほど考えられた。

清吉と二人、一気に冷たさを増してきた西風に背中を押されるようにして、七十郎は牛込揚場町に足を運んだ。

市ヶ谷田町四丁目代地と牛込揚場町とは近い。神楽坂をくだり、牛込門を左に折れて江戸城の堀沿いに一町（約百九メートル）ほど北東の方向へ進むだけだ。

七十郎と清吉はききこみを行った。

法徳にかかっている患者は何人かいたが、そのなかで三十すぎの色白の女、というと一人しかいなかった。

その女が住んでいる長屋は、あまり日当たりがよくなく、路地にはすえたようなにおいが立ちこめていた。

もし女が病人なら、この長屋は病にとっていいとはいえないだろう。

「法徳さんですか。ええ、よくいらしてましたよ」

女の店を訪ねる前、井戸端にいたよく肥えた女房らしい女にきくと、こんな答えが返ってきた。

「法徳さん、亡くなったんですってねえ。お気の毒なことで」

そういいながらも女房の瞳には好奇の光が宿っている。

「そのお調べでいらしたんですか」

「いや、ちょっとききたいことがあるだけだ。いらぬ穿鑿《せんさく》はせぬほうがよいな」

七十郎がたしなめると、女房は首をすくめ、すみません、と頭を下げた。

色白の女の名がおすみ、というのはすでにわかっている。

七十郎はおすみの店の前に立った。清吉が、とんとん、と忍びやかに障子戸を叩く。

「おすみさん、いらっしゃいますか。御用でまいったんですが」

戸の向こうに人の影が動き、障子戸がひらいた。

「はい、なんでしょう」

目の前に立ったのは、ほっそりとした女だった。確かに色が白い。透けている感じで、むしろ青いといったほうがいいかもしれない。

目も鼻も口も耳もすべてが小さく、それらが形よく集まっていた。法徳の女房かもしれないが、これはまちがいない、という気が七十郎はした。法徳の女だ。

「おすみさんだね」

清吉が確かめる。

「はい」

七十郎は清吉に代わって前に出た。

「法徳さんのことできたいことがある」

はい、とおすみは静かに目を伏せた。

「お入りになりますか」

「かまわぬのか」

「ええ、子供が一人いるだけですから」

四畳半一間の店だ。畳はほとんどすり切れている。そこに幼い子供が寝ていた。額に手ぬぐいが乗せられているが、息が弱々しく、顔色もいいとはいえない。

おすみが、おあがりください、といったが、ここでいい、と七十郎はせまい式台に腰かけた。清吉は土間に立った。

おすみがかまどの前で茶の支度をしようとした。

「いや、かまわんでくれ。話をきいたら、すぐに退散する」

そうですか、といっておすみが七十郎の前に正座する。

「その子、病か」

七十郎はおすみの肩越しに眼差しを送った。

「ええ、風邪を引いているんです」

「医者には診せたのか」

「いえ」

「法徳さんが亡くなったからか」

「はい……」

「女の子か」

「はい」

「父親は」

「この子が生まれる直前に亡くなりました」

「そうか。悪いことをきいた」

「いえ。長患いでしたから、覚悟はできていました」

「旦那が死んだのはいつだ」

「四年前です」

「旦那は法徳さんにかかっていたのか」

「はい」

なるほどな、と七十郎は思った。身じろぎし、背筋をのばした。

「おぬし、法徳の女か」

ずばりいわれて、おすみが驚きに目をみはる。しばらく七十郎を不思議そうに見つめていたが、不意に首を落とした。

「……そうです。少なくとも私はそう思っていました」

「法徳はここによく泊まっていったのか」

「それは一度もありませんでした。私たちのことは周囲の人たちにほとんど知られていなかったものと」

「秘密にしていたのか」

「私としてはそういうつもりはなかったのですけど、あの人――法徳さんが人に知られたくはなかったようです」

「どうして人に知られたくなかったのかな」

「あの人は、なにかから逃げているようでした。後悔も心の奥底にあるようで、私はなにがあったのか知りたかったのですが、結局なに一つ知らないまま……」

おすみの瞳から涙があふれた。こらえようとしたが、土手を押し破るようにして涙はとめどなく流れ出る。

おすみは畳に突っ伏し、声をあげることなく泣いた。背中が波打ち、腕が激しく震えている。

七十郎にかける言葉はなく、黙って見ているしかなかった。清吉は正視していられないようで、足元に目をやっている。

ようやくおすみが泣きやんだ。体を重たそうに持ちあげ、次いで顔もあげた。

「すみません。見苦しいところをお見せしまして」

「落ち着いたか」

「はい」

「いずれ一緒になるつもりだったのか」

「私はそのつもりでした。この子もあの人になついていましたから」

手をのばしたおすみが手ぬぐいを取って、娘の額に手を触れた。

「少し下がったようです」

枕元《まくらもと》の桶《おけ》に手ぬぐいをひたし、それをしぼって娘の額に再び置く。

「すみません」

おすみが七十郎に向き直った。

「法徳さんだが、前に住んでいた町のことを話さなかったか」

「それは市ヶ谷田町四丁目代地の前、ということですか」

七十郎はうなずいた。

おすみはなにかまぶしいものでも見るように、目を細めた。そういう表情をすると、薄く霞《かすみ》がかかったように見え、におい立つ女の色香が濃くあらわれた。

このあたりに、法徳は惹《ひ》かれたのかもしれない。

やがておすみは一つの町の名を、息を吐きだすようにそっと口にした。

しつこくききまわった。

なにしろ、ほかに手がかりらしいものがないのだから。

しかし、助四郎が最近通いはじめたという飲み屋はなかなか見つからない。

「勘兵衛、本当にこの町だったのかな」

修馬が足をとめ、吐息を漏らした。それが白い煙のように夜に消えてゆく。

かさかさと乾いた音を鳴らして、秋の名残のような枯れ葉が足元を通りすぎていった。

「ちがうかもしれぬが、今のところはこの町を調べ尽くさなければならぬ」

「でも勘兵衛、牛込原町、と一口にいってもずいぶん広いぞ」

「弱音を吐くな、修馬。これが俺たちの仕事だ」

「わかってはいるのだけどな」

ふう、と息をついて修馬が空を見あげる。

「今、何刻だ。お月さまだってどこかに引きあげちまったぞ」

夜空に見えるのは厚い雲だけで、星は一つも瞬いていない。

「明日は雨かな」

十

修馬がぽつりという。

「今夜かもしれぬぞ」

「えっ。この寒さに加え、降られるのは勘弁してもらいたいな」

牛込原町で出会う酔客すべてに、変わった親父のいる店がないか、きいた。

「あそこのことかな」

もう四つに近い頃、一人の若い男がいった。

「どこだ」

修馬がはやくいえ、といわんばかりの勢いでうながす。

男がさすがにびっくりする。

「すまぬな、この男、ちょっと気を荒立たせているんだ」

「いえ、いいんですけどね」

男が小さく笑みを見せる。

「若松町《わかまつちょう》にある店じゃないですかね。親父が気に入らないと、店に入れてくれない、という話をきいたこと、ありますよ」

場所をきくと、その若い男はちょっとわかりにくいところにあるんですけどね、といって、詳しい道筋を教えてくれた。

「牛込若松町のほうか。原町じゃあ見つからぬわけだ」

その若者とわかれてすぐに修馬がいった。

牛込若松町は原町三丁目から半町（約五十四・五メートル）ほど西へ行ったにすぎないところにあるが、あいだにはさまっているのは御旗《みはた》同心の組屋敷だ。それで、これまで足を運ぶことがなかったのだ。

店は、せまい路地に建つ一軒家のあいだにはさまれたさらに一際暗い小路《こうじ》の奥にひっそり建っていた。

提灯も暖簾もかかっておらず、その小さな構えは一見、酒を飲ませる店とは思えない。

「なんでこんなところで……。もっといい場所、いくらでもあるだろうに。あるじはよほどの世間ぎらいだな」

勘兵衛は、本当にここなのか、と店構えをあらためて確かめた。

さっきの若い男が教えてくれた限りでは、ここでまちがいない。

「よし修馬、入るか」

勘兵衛は戸に手をかけた。

「重いな」

ようやくのことで、人が入れるくらいの隙間ができた。

勘兵衛と修馬はなかに入りこんだ。酒の香と甘さのある醤油のにおいが鼻に絡みつく。

「お侍方、はじめてですね」

左手にある厨房《ちゅうぼう》から、ここのあるじらしい親父が声を投げてきた。鋭い目が青白い光を放っている。

「ああ、そうだ」

あるじを見返して修馬が答える。

「ここはどなたかの紹介がないと、入っていただきたくはないのですが」

「敷居が高いんだな。だから、戸もこんなに重くしているのか」

修馬が厨房に向かって一歩踏みだした。

「飲みに来たわけではない。話をききに来たんだ」

修馬が身分を明かした。

「えっ、御徒目付さまですかい」

あるじが瞠目《どうもく》する。

「さまづけされるほどえらくはないがな」

修馬と親父とのやりとりをききつつ、勘兵衛は店のなかを見渡した。

勘兵衛たちのいる土間に長床几が二つ置かれ、ほかに八畳ほどの座敷があるだけだ。長床几はあいており、座敷の隅で職人らしい者が四名、かたまって酒を飲み、肴をつついている。

「いいにおい、させてるじゃないか」

修馬が長床几に腰かけた。

「酒をくれぬか。ついでに肴も適当に見つくろってくれ」

「話をききにいらしたんじゃあ、ないんですかい」

「まあ、いいじゃないか。腹が減っているし、酒も飲みたい。それに、こんなに空いているんだ。かまわぬだろう」

親父はあきらめたように庖丁《ほうちょう》を手に取った。

勘兵衛はそこまで見届けてから、修馬の隣に腰をおろした。

「本当に飲むつもりか」

「悪いか。どのみち城に戻ることはないんだし、いいだろう。俺は疲れた」

「勝手にしろ」

親父ではなく、女が酒と料理を運んできた。店主の女房だろう。

肴は、鮭の焼いたものと鮟鱇《あんこう》を煮つけたものだ。

二つともすばらしかった。特に鮭のほうは脂がしつこくない程度にのり、だが噛むまでもなく溶けていってしまう。塩加減も絶妙で、勘兵衛はこれだけうまい鮭ははじめてだった。

酒もどうやらくだり物で、選び抜かれ、吟味し尽くされている。

「勘兵衛、楽松みたいだな」

「ああ、まさるとも劣らぬ。ただし、値はわからぬが」

「ああいう連中が飲める店だぜ」

修馬が座敷に顎をしゃくる。

「高いわけがない。しかし勘兵衛、世の中にはこういう店があるんだな。まだまだ死ぬわけにはいかぬぞ」

「おまえさんはそう簡単にくたばるたまじゃない」

「ほめ言葉と受け取っておこう」

勘兵衛は再び店内を見まわした。

侍が入ってくるような店ではない。十四、五名が入れば一杯だろう。

眼差しを感じ、勘兵衛は目を向けた。厨房からあるじがこちらを見ていた。

あれ、とそのとき勘兵衛は思った。どこかで会ったことはないだろうか。

勘兵衛はあるじの顔をじっと見た。

輪郭はやや四角い。麟蔵ほどではないが、まな板に近いといっていい。目は大きくもなく小さくもないが、油断ならないという感がある。低い鼻は裾野が広く、顎はやや下に張りだしている形で、唇《くちびる》は厚い。いかにも意志の強そうな顔つきだ。

堅太《かたぶと》りの体つきをしている。両肩は盛りあがり、庖丁人《ほうちょうにん》という感じはあまりない。

剣は相当遣えそうだ。剣はもはや侍だけのものではない。剣術道場に通う町人は数多いし、そのなかでも才のある者はいくらでもいるだろう。

目の前のあるじも、そういう類《たぐい》の者かもしれなかった。

「まだお飲みになりますかい」

修馬がちろりを二つあけた頃、あるじが目の光を消していった。そうすると、どこにでもいるような庖丁人の顔になった。

「看板か」

つまらなそうな顔で、修馬がきく。

「ええ、そろそろしまいたいんですが」

「まだいいだろう」

「勘定をしてくれ」

勘兵衛は店主にいった。

「おい勘兵衛、勝手をいうな」

修馬が抗議の声をあげる。

「十分飲んだだろう。ここは俺が払っておく。次は修馬が払え」

「わかったよ」

まだ飲み足りなそうな修馬を尻目《しりめ》に勘兵衛はすっくと立ち、帳場のところにいる女に値をきいた。

修馬のいう通りで、楽松と同じくらい安かった。

代を払った勘兵衛は、厨房で食器などの片づけをしているあるじの背中にいった。

「おぬし、俺と会ったことがあるか」

店主は振り返り、首をひねった。

「いえ、はじめてだと存じますが」

「そうだよな」

勘兵衛もそう思う。この男とはこれまで会ったことはない。

そばに修馬が寄ってきた。

「勘兵衛、おぬしのような頭の持ち主と一度でも会っていたら、決して忘れはせぬよ」

そうなんだろうな、と勘兵衛も納得した。

「ところであるじ、岩永助四郎という侍を知っているか」

「岩永さま……」

店主が女房と目をかわした。

「ええ、存じておりますよ。——岩永さまがなにか」

「助四郎どのは、誰かの紹介でこの店に来たのか」

「いいえ、ちがいます。手前がご浪人に絡まれたところを助けてくださったんです。そのお礼に、手前は岩永さまをお誘いしたんです。岩永さまはたいそうお喜びになって、よく飲みにいらしてくれるように」

「知り合ったのはいつだ」

「およそ半月ほど前です」

「助四郎どのだが、五日前、この店にやってきたか」

「はい、いらしてくださいました」

「そのときなにか変わった様子があったか」

「いえ、別に気がつきませんでしたが」

女房も同じだった。

あの、と女房がいった。

「岩永さま、どうかされたんですか」

「失踪したんだ」

これは修馬が告げた。

「ええっ」

「どうして」

夫婦はそろって愕然《がくぜん》とした。

「それで行方を捜されているんですか」

店主が驚きから立ち直りを見せてきく。

「そういうことだ。心当たりを知らぬか」

「いえ、すみません、手前はなにも」

女房も深く顎を引いた。

「五日前、助四郎どのは何刻頃に店を出た」

「あれは、今くらいの刻限だったと思いますけど。なあ」

あるじが女房に同意を求めた。

「ええ、そう思います」

どうやら、助四郎はこの店を出たのが最後で、以後誰にも会っていないし、見られてもいないようだ。

「五日前、助四郎どのは一人で来たのか」

「そうです。これまで三度いらしてくださいましたが、いつも一人でした」

そうか、と修馬がいった。

「なにか思いだしたことがあったら、自身番に届けをだせ。さすれば、俺たちが駆けつける」

わかりました、と店主はいった。

引きあげる潮どきだったが、勘兵衛は一つききたいことがあった。

「なにゆえこの店は、紹介がないと入れぬのだ」

「ああ、それですか」

あるじがやや目を下げる。

「お侍、今宵《こよい》の酒と料理はいかがでした」

「すばらしかった」

世辞抜きで勘兵衛はいった。

「ありがとうございます。吟味し尽くした魚と酒というのは、なかなか手に入らないものなんですよ。つまり、限られた人数にしか供することができないということですね」

あるじがやや紅潮した顔を突きだす。

「今宵、召しあがっていただいた魚と酒を大人数に供するというのは、手前どもにはできません。店の雰囲気も崩れますし」

「そういう心づもりなら、もっと高くしてもいいのではないか。今の値ではとてもつり合わんだろう」

あるじが微笑する。そうすると、急に人なつこい表情になった。

店が繁盛するかどうか、むろん味によるところが大きいが、あるじの魅力というのもまた大きい。この笑顔目当てに店にやってくる者も多いのでは、と勘兵衛は思った。

「値をあげますと、そちらのお客さんのような方にいらしていただけなくなるわけで」

あるじが座敷を手で示した。そこにいた職人ふうの男たちは、帰り支度をはじめていた。

「それで儲《もう》けがあるのか」

「かつかつですけれど」

あるじはかすかに笑った。

「この店はなんていうんだ」

「音羽《おとわ》と申します」

「ほう、あるじは音羽町の出か。護国寺《ごこくじ》で有名だよな」

「いえ、音羽町の出ではございません」

「なら、どこだ」

「……下総《しもうさ》です」

「下総か。いつ江戸に。あまりなまりはないようだが」

「あの、そのようなことをお答えしなければなりませんか」

「答えたくないか」

「そういうわけではございませんが」

「よかろう。おぬしのことを調べに来たわけではないからな」

見覚えがある気がすることに加え、なんとなく薄気味の悪さを店主に覚えつつ、勘兵衛は修馬とともに店を出た。

「しかし何者だ」

しばらく歩いてから修馬が振り返る。

「気になるか」

「目つきがな。気に食わぬ」

「もとは裏街道を歩いていた者かもしれぬ。いや、今もか」

「となると、あの店は隠れ蓑《みの》か。――勘兵衛、今の親父、岩永助四郎の失踪に関係しているると思うか」

「どうかな。助四郎どのを最後に見た、というのは気になるが、今は飛躍しすぎの感がないでもない」

「そうだな。だが、いずれきっちりと調べあげてみよう」

一際冷たい風が吹き、土埃を盛大にあげていった。

さらに強くなってきたその風に追われるように、二人は番町に向かって足をはやめた。

第二章

一

朝日がまぶしい。

七十郎は手で庇《ひさし》をつくった。今朝の太陽は元気がいいようだ。

今日は寒さがやわらいで、すごしやすくなってくれるのを七十郎は期待した。

七十郎と清吉は牛込築地片町《つきじかたまち》にいた。北側は牛込水道町《すいどうちょう》と境を接し、西と南は御持《おもち》筒《づつ》組の組屋敷になっている。東側は、道をはさんで武家屋敷が建ち並んでいた。

この牛込築地片町で法徳は暮らしていた、とおすみはいったのだ。

もっともおすみにも確たるものはなく、法徳がおすみの長屋でうたた寝をしたとき寝言で口にしたのを、一度きいたことがあるだけだった。

本当に法徳が築地片町といったのか、それについてもおすみは確信がないとのことだった。

それでも手がかりであるのは紛れもなく、七十郎と清吉は勇んでやってきたのだ。

自身番に入る。町役人が三人に書役《しょやく》が一人いた。

町役人に話をきいた限りでは、七年前、法徳という医者はこの町にいなかったのがはっきりした。

やはりおすみのききちがいなのか。清吉もわけがわからないというように首をひねっている。

いや、これだけで調べをすませるわけにはいかぬ、と七十郎は思った。

「お役人、七年前ですか」

町役人の一人がきいてきた。

「そうだ。なにか引っかかることでも」

「引っかかると申しますか、七年前というと、お医者で得泉《とくせん》さんという人がいなくなった頃だと思うんですよ」

「とくせんだと」

町役人が、どういう字を当てるか教えてくれた。

「行方知れずというのは」

「文字通りです。ある日、消えていなくなってしまったんです」

「神隠しともいわれました。家財などはそっくりそのままでしたから。本当に宙に消えていなくなってしまった感じでしたね」

「今も家財は残っているのか」

「家は他の人が住んでいます。家財はどうしましたかねえ。大家さんが引き取ったかもしれません」

「家財は得泉さんがいなくなって一年後には、大家さんが売り払ったはずですよ。確か、そうです」

別の町役人がいった。

家財を見たところで、手がかりになりそうなものを得られるとは思えなかった。

「その得泉さんだが、人相はこうか」

七十郎は法徳の死顔を頭に描いた。

「頭はつるつる、耳が大きく、福耳。鼻はちょっと潰れた感じだ」

「頭はつるつるではありませんでしたが、福耳は福耳でしたね。鼻もなにかをぶつけられたみたいに、潰れていましたねえ」

どうやら得泉が法徳でまちがいないようだ。

「でもお役人、どうして今頃得泉さんのことを。もしかして見つかったんですか」

「失踪か」

別に隠しておくことでもない。七十郎はここまでやってきた経緯を語った。

「ええっ、得泉さん、殺されたんですか」

町役人たちが驚きを顔に浮かべる。書役も目をみはっている。

「この町にいた得泉と法徳が同じ人物なら、ということになるが。得泉さんと親しかった者は」

七十郎は四人の顔をあげさせた。

「一番親しかったのは隣の権次《ごんじ》さんでしょうけど、おととし亡くなりました」

「ほかには」

「患者さんたちでしょうけど、そんなに親しい、というほどの人はいないんじゃないですかね。徒労には当たらないかもしれませんけど、耳寄りなものは得られないでしょうねえ。そういうものがあるのなら、とうに我々の耳に入っているはずですから」

「名主《なぬし》さんはどこにいる」

名主のもとには常に最も新しい人別帳が用意されている。それを見れば、人の出入りは一目瞭然《いちもくりょうぜん》だ。

「ああ、それでしたら」

町役人が親切についてきてくれた。

「こちらですよ」

名主の家は、牛込水道町との境近くにあった。さすがに大きな家で、武家並みとはいわないが立派な門が七十郎たちを威圧するように建っていた。

「どうぞ、こちらに」

町役人が門に手をかける。すっと押すと、あっけなく向こう側にひらいた。

「銀太郎《ぎんたろう》さん、いらっしゃいますか」

整地された庭に立って、町役人が障子越しに呼びかける。

家はひっそりとしている。

家のなかに人の気配が動き、障子があいて若い女が姿を見せた。

「ああ、おぬいさん、お役人が見えているんですよ。銀太郎さんはいらっしゃいますか」

「少々お待ちください」

おぬいと呼ばれた女は七十郎と清吉に頭を下げてから、奥に姿を消した。

畳を踏む足音がし、やや太った男がやってきた。

「お待たせいたしました」

ていねいに辞儀して、男が敷居際で正座した。

「こちらが銀太郎さんです」

町役人が紹介した。

「銀太郎さん、こちらのお役人が人別帳をご覧になりたいそうですよ」

「わかりました」

「では、手前はこれで」

自分の役目はすんだとばかりに町役人は門を出ていった。

「ただいま持ってまいりますので、少々お待ちください。――ああ、おあがりくださ
い」

「いや、ここでいいよ。今日はあたたかだし、ここのほうが明るい」

七十郎は濡縁《ぬれえん》に腰かけた。

「しかし……」

「かまわんよ。はやく持ってきてくれ。ああ、一番新しいものではなく七年前のことが
わかる人別帳を頼む」

「七年前ですね。わかりました」

駆けるように去っていった。

「ずいぶん若い人ですね」

庭に立ったまま清吉がいう。

「先代の跡を継いだばかり、ということらしいな」

すぐに銀太郎は戻ってきた。一冊の分厚い書類を手にしている。

「お待たせいたしました。どうぞ」

手渡された人別帳を七十郎はじっくりと見た。得泉という医者は七年前、確かにこの町にいた。

七十郎は銀太郎に目を向けた。

「おぬし、得泉という医者を覚えているか。七年前、この町から不意に姿を消した医者なんだが」

「ええ、得泉さんならよく覚えていますよ。手前も一度ならずかかったことがあるお医者さんです」

「腕はよかったのだな」

「ええ、とても。ですので、繁盛していました。どうしていなくなってしまったのか、町の者はみんな不思議がったし、残念がったものですよ」

「どうしていなくなったか、心当たりはないのか」

「はい、さっぱりです」

「人別帳によると、この町には半年ほどいただけだな」

七十郎は銀太郎にその部分が見えるようにした。

「ああ、そうなんですね」

銀太郎はいま気がついたようないい方をした。

「町の人になじんでいましたから、もっと長いこと住んでいたような気がしましたけど、そんなものだったんですねえ」

「人別送りはしっかりとされているが、この天神社地門前町《てんじんしゃちもんぜんちょう》のことを得泉さんからきいたことがあるか」

牛込築地片町に移ってくる前、得泉が住んでいた町だ。

「いえ、ありません」

七十郎は銀太郎に人別帳を返した。

「おまえさん、得泉さんが住んでいた家がどこか存じているな」

「ええ、もちろんですよ」

銀太郎の家からほんの半町ほどだった。

裏通りから路地を一本入った突き当たりの一軒家で、四部屋ほどの広さはあるようだが、日当たりは悪く、病人を診るのにさほど適当な場所とは思えなかった。人が住んでいるのは確かなようで、洗濯物が庭に干してある。ただ、乾きはよくなさそうだ。

「ずいぶん目立たないところにありますね」

清吉が感想を漏らす。

七十郎はしばらくその家を眺めてから、きびすを返した。

「やはり法徳さんは逃げてたんですね」

「まちがいなくな」

七十郎は振り向き、同意してみせた。

「そしてついに見つかり、殺されたんだ」

だが、それにしても、と思う。賊はどうして法徳の遺体を運び出そうとしていたのか。

ただ、殺したという証をあの場に残したくない、それだけのことだったのだろうか。

二

麟蔵が手招いている。

勘兵衛と修馬は麟蔵の真ん前に正座した。

「新たな失踪人の届けがあった」

「まことですか」

麟蔵がぎろりと修馬を見る。

「嘘をいっても仕方なかろう」

「ごもっとも。どなたがいなくなったのです」

「今度は女だ。名は彩菜《あやな》、歳は十九」

「それはまた若いですね」

「老若は関係なかろう。――失踪したのは六日前らしい」

「六日前というと――」

勘兵衛がいいかけたのを横から修馬がかっさらった。

「岩永助四郎どのと一緒では」

「そういうことだ。二人は同じ日に失踪したと思える」

修馬が横で首をひねる。

「彩菜どのというと、高井《たかい》家ですか」

「知っているのか」

「はあ、評判の美形ですから」

「そうか、美形なのか」

麟蔵が勘兵衛と修馬を交互に見つめた。

「岩永助四郎の失踪に関し、彩菜という娘が出てきておらぬか」

「今のところは出てきておりませぬ」

修馬がはっきりと答える。

麟蔵が顎をなでさすり、考えに沈んでいる。すっと顔をあげた。

「二人ともなにをしておる。とっとと高井家に行ってこい」

勘兵衛と修馬は徒目付の詰所を飛びだした。

「おい、修馬。彩菜どのというのはそんなに美形なのか」

「気になるか」

「美形といわれて、気にならぬ男がいるはずがない」

「そりゃそうだろうな。だが、美音どののほうが美しいと俺は思うぞ」

「世辞をいうな」

「世辞ではない。二人の顔を知っている俺がいうのだからまちがいない」

「それにしても修馬、どうして彩菜どのに関してそんなに詳しい」

日の光をたっぷりと含んだようなあたたかな風を受けて、修馬が小さな笑みを頬に刻む。

「部屋住みの頃、道場仲間と評判の美形のご尊顔を拝ませてもらいに、高井屋敷の近くまで何度か行ったんだ」

「よくやるな」

「若気の至りというやつだ」

「その頃は――」

勘兵衛はいいかけて言葉をのみこんだ。まだお美枝どのと知り合ってはいなかったのだな、ときこうとしたのだが、修馬につらい思いをさせるだけだ。

修馬がじっと見ている。

「勘兵衛のいいたいことはわかるよ。そうだ、まだお美枝がこの世にいることすら、そのときは知らなかった」

勘兵衛と修馬は高井屋敷に着いた。町は小川町《おがわまち》で、急なのぼり坂になっている小栗坂《おぐりざか》が北のほうに眺められた。

かたく閉じられた門前に二人は立った。

「もし助四郎どのと彩菜どのが知り合いなら、駈落《かけおち》かな」

首を傾げて修馬がいった。

そのことは勘兵衛も考えていた。なにより、同じ日にいなくなったというのが、二人が示し合わせた、というのを裏づけている気がする。

高井家の高は千九百五十石。なかなかの大身といってよかった。当主の園之丞《えんのじょう》は御《お》小姓《こしょう》組だ。

二人はさっそく訪いを入れた。待たされることなく、なかに招き入れられた。

客座敷に導かれて、二人して茶をすすっていると、襖の向こうから衣擦《きぬず》れの音がして、こほんと咳払《せきばら》いがきこえた。

「失礼いたします」

襖をあけて入ってきたのは、長身でかなりやせた男だった。袖《そで》や裾からわずかにのぞく腕や足はずいぶんと筋張っている。

当主の園之丞だろう。一礼して勘兵衛と修馬の前に正座した。黒ずんだ顔に、うっすらと汗をかいている。目はやや濁っていた。

娘のこともあるのか、あまり体調がよくないのでは、と思えた。

そう思って見ると、やつれが色濃く肌にあらわれているように見えた。頬がこけているのに、そのあたりの肉が垂れ下がっている。

「今日、おつとめは」

身を乗りだして修馬がたずねた。

「非番です」

おそらく、と勘兵衛は思った。組頭に頼み、休みにしてもらったのだろう。

「さっそく本題に入らせていただきます」

修馬がじっと見る。園之丞は表情と体をこわばらせた。そうすると、いっそう腕が筋張ったように見えた。

「娘御の彩菜どのがいなくなったのは六日前、ということですね。それまでなにゆえ届けをおだしにならなかったのです」

園之丞が手のひらで額をぬぐった。

「それがしとしては、できれば届けたくなかったものですから。娘がいなくなったなど、家の恥でしかないわけですし。公にはしたくなかったのです」

「それがなぜ今日」

「泉美《いずみ》にいわれましてな――ああ、泉美というのは妻です」

「それで六日目の今日になって届けた、ということですか」

「これまで必死に心当たりを捜していたのです。なんとか失踪が知られる前に、自分たちの力で捜しだしたかったのです」

いくら体面が気になるとはいえ、六日というのはいくらなんでも長すぎるように勘兵衛は感じた。

同じ疑問を抱いたようで、修馬がそのことを口にした。

「――ああ、そのことですか。実は彩菜は許嫁がいる身なのです」

「いつ縁談はまとまったのです」

「今年の春です。来春には婿を迎えることになっています」

この屋敷には娘が二人いる。彩菜の妹で、二歳下だ。

「そうでしたか」

修馬が少し考えこんだ。勘兵衛には修馬がなにを考えているか、わかった。

彩菜は、この縁談をきらって失踪したのではないか。

「彩菜どのが失踪した際の話をききたいのですが」

修馬が顔をあげていった。

「それでしたら、それがしではなく供の者がよろしいでしょう」

いま呼んでまいります、と園之丞は座敷を出ていった。

戻ってきたときには、一人の若い女をともなっていた。若いといっても、勘兵衛たちと同じくらいだろうか。

女は彩菜気に入りの女中とのことで、お未紀《みき》といった。

園之丞が気をきかせ、お未紀を一人置いて座敷から姿を消した。

お未紀は、湯からあがったばかりのように上気している。二人の徒目付を前に、緊張を隠せずにいた。やや垂れた目がいかにもやさしげで、彩菜が気に入りだったというのは勘兵衛には理解しやすかった。

修馬が笑いかける。

「そんなにかたくならぬでもよい」

顔はこわばったままだが、はい、とよく通る声でお未紀は答えた。

「では、彩菜どのがいなくなったときの様子を話してくれるか」

うなずいたお未紀は、情景が浮かんでくるのを待つかのように一度目を閉じた。

「均泰寺《きんたいじ》からの帰りでした。均泰寺というのは、ここ高井さまの菩提寺《ぼだいじ》です。本郷菊坂《ほんごうきくさか》町《ちょう》にあります」

「うむ。その寺からの帰り、なにがあった」

「お寺からすぐにお屋敷に戻ったわけではありません。彩菜さまと途中の茶店に寄り、お茶とお団子をいただきました。その帰りでした。目の前で喧嘩が起きて、私、つい立ちどまってしまったのです」

お未紀はいったん言葉をとめた。

「喧嘩が終わり、まわりの人たちが引きあげていったとき、隣にいらしたはずの彩菜さまの姿が見えなくなっていたんです。必死に捜しましたが、ついに見つかりませんでした」

お未紀は泣きだしそうになっている。

「彩菜どのだが、おぬしが一緒にいて、いつもとちがうようなところはなかったか」

「いえ、私は気がつきませんでした。申しわけございません」

「いや、謝ることなどない」

修馬がやさしくいたわる。ちらりと勘兵衛に目を当ててきた。なにかききたいことがあるか、という瞳をしている。

勘兵衛はうなずき、お未紀に目を向けた。

「彩菜どのだが、好きな男はいたか」

お未紀が目をみはる。

「あの、それは許嫁のお方のことをいわれているのですか」

「いや、別の男だ」

「いえ、存じません」

「本当か」

「はい、彩菜さまはとてもおきれいでしたけれど、男の方とはこれまで縁がなかったはずです。私は彩菜さまがまだ十二のときからお仕えさせていただいておりますので、そのあたりのことはわかります」

そうか、と勘兵衛はいった。

「彩菜どのと親しい者は」

「彩菜さまのお友達は、ほとんどがお花のお仲間ではないか、と思うのですが」

お未紀は四人の名をあげた。いずれも旗本の子女とのことだ。

修馬が矢立を取りだし、紙にすらすらと四人の名を書きとめた。

「もう一ついいか。彩菜どのは、誰かからうらみを買っていなかったか」

お未紀が、えっ、と声を漏らした。

「とんでもない。誰からも好かれる、とても明るいご気性のお方でした」

「心当たりはないのだな」

「ございません」

これでお未紀は引き取らせ、代わりにまた園之丞に来てもらった。

園之丞だけでなく、泉美という妻と佐久実《さくみ》という彩菜の妹も呼んでもらった。二人は園之丞の斜めうしろに慎《つつ》ましやかに正座した。

妹はそれほど美形というわけではなかった。姉には似なかったようだ。

修馬が三人を見渡してから、口をひらく。

「彩菜どのと親しかった者の名をきかせてください」

お未紀がいったのと同じ名が、三人の口から出てきた。

「岩永助四郎どのという男をご存じですか」

修馬がさらにたずねた。

「いえ、存じませぬが」

園之丞が代表するように答えた。泉美と佐久実も、修馬がうながすと、存じませぬと口をそろえた。

勘兵衛と修馬は顔を見合わせた。これ以上きくこともなかった。

二人は高井屋敷を出た。

東の空に輝いていた太陽は、西から押し寄せてきた雲によってその姿は覆い隠され、町は寒々しい光景に様変わりしていた。

付近の武家屋敷の庭に見えている木々はすっかり枝を落としているが、吹き渡る風に物寂しい音を立てて揺れている。風は先ほどまでのあたたかみなど懐深くに押し隠し、今はこの季節本来の冷たさを帯びて吹き渡るようになっていた。

武家町だけに道行く人の姿は多くないが、わずかに視野に入っている数名の者たちは、風に追われるように急ぎ足で歩いている。

「勘兵衛、急に寒くなってきやがったな」

修馬がぶるりと身を震わせ、空を見あげた。

「天気とはよくいったものだが、ここまで気まぐれだと、ちょっと頭にくるな」

風に巻きあげられた土埃を、顔をうつむけて避ける。

「彩菜どのは、自らの意志で姿を消したと考えていいのかな」

「状況からして、そのようだな。むろん、かどわかしも考えなければならぬが」

彩菜の友人たちに会う前に、お花の師匠に会うことにした。

旗本の妻が内証《ないしょ》を支えるために師匠をつとめており、屋敷は高井家と同じく小川町にあった。

高井屋敷からは三町ほど南にくだったところに、下総佐倉《さくら》で十一万石を領する堀田《ほった》家の上屋敷があるが、屋敷はその裏手に位置している。

「あれ、この屋敷は」

修馬が確かめるようにあたりを見まわす。

「どうした」

「今谷《いまたに》家だよな」

「そうだ」

そこは今谷家という旗本で、八百八十石の家だ。

「知っているのか」

「噂《うわさ》をきいたことがある。金貸しの噂だ」

修馬が声を低める。

「旗本や御家人《ごけにん》相手に小金を貸しつけている、との噂があった。八郎左衛門からきいたんだ。八百八十石というので覚えていた。末広がりの石高と思ってな。——勘兵衛、旗本の金貸しというのは罪になるのか」

「いや、なるまい」

諸式がなんでもかんでもあがり、武家には厳しい時世だが、金を商人のようにうまく貯められる者というのは実際にいて、そういう数少ない者は持っているだけでは物足りず、高利を取って金に困っている者に貸しつけているのだ。

「それにしても、金貸しなら金はあまっているだろう。どうして内儀に花の師匠などやらせるんだ」

「金持ちというのは、徹底して稼ぐものなんだろう。そのあたりの飽くなき姿勢は、我らも探索に見習うべきものがあるかもしれぬな」

今谷家の花の師匠というのは、物静かな女だった。色白で、黒目がとても澄んでいる。鼻が高く、唇は形がいい。名は輝江《てるえ》。その名の通り、肌がとにかくきれいで、娘のように輝いている。金貸しの妻という、脂ぎった感じはまったくなかった。

さっそく話をきいたが、輝江は彩菜の失踪に関してはとても心配していたものの、なにも知らなかった。実際、この師匠のもとにも高井家の者はすでに捜しに来ていた。

ほかに問うこともなく、修馬が助四郎のことを知っているか、きいた。

輝江は一瞬、迷いを見せたようだ。下を向き、唇を噛み締めてから口にした。

「はい、岩永助四郎さまのことでしたら、存じておりますが……」

「本当ですか」

修馬の声は期待にうわずり加減だ。

「ええ、まことです」

輝江は静かな口調で答えた。

「なにゆえご存じなのです」

「助四郎さまが通われていた剣術道場をご存じですか」

輝江が逆にきいてきた。

「ええ。牛込御納戸町の垣田道場ですね」

「いえ、その前です。助四郎どのは、余呉《よご》道場というところに通っていたのです。その道場主が亡くなり、助四郎どのは垣田道場に移っていったようです。私の弟も余呉道場に通っていて、助四郎さまとはお仲間だったのです」

「なるほど。お師匠さんは牛込のほうから嫁いでいらしたのですね」

「さようです」

「助四郎どのとは親しかったのですか」

「いえ、弟がよく実家には連れてきておりましたけれど、ほとんど口をきいたことはありませぬ」

「弟御は今もご実家のほうに」

「いえ」

悲しげに首を落とした。

「三年前に亡くなりました」

「そうですか。悪いことをおききしました。申しわけござらぬ」

あの、と輝江が顔をあげた。その顔はどこか上気しているように見えた。

勘兵衛は興味深く、その桃色の肌を見つめた。そのことに気づいたか、輝江が恥ずかしげにうつむく。

「助四郎さまがどうかされたのですか」

「助四郎どのも彩菜どのと同じく、姿を消したのです」

修馬が説明する。

「えっ、そうなのですか」

とんでもなく意外なことをきかされたように、輝江が大きく目を見ひらいた。

表情が変わり、とてもきれいに見えた。

一瞬にしてその表情はかき消え、もの悲しげな顔になった。じっと下を向いている。

「どうかされましたか」

「いえ、なんでもありませぬ。助四郎さまはなにゆえいなくなったのです」

「それを今、調べています」

修馬がいい、勘兵衛は続けてたずねた。

「助四郎どのの行方について、心当たりはありませぬか」

「いえ、ございませぬ」

「助四郎どのと彩菜どのが知り合いだったというのは考えられますか」

輝江が首をひねった。

「さあ、私にはわかりませぬ」

三

竹町《たけちょう》河岸《かし》通というところが法徳の住んでいたところだ。

家はこの大通りに面していたわけではなく、一本入った裏通りにあった。この家も火事に遭うことなく、無事に建っていた。

本郷竹町はかなり広いが、一丁目、二丁目というように呼ばれておらず、そういうふうに呼ぶとしたら、おそらく九丁目まであることになるだろう。

この日の午前、天神社地門前町に七十郎と清吉は行ってきたばかりだ。そこで町名主に人別帳を見せてもらい、得泉がこの町に住んでいたのを確かめた。

天神社地門前町には最初、法仙《ほうせん》という名でやってきたが、越してきて半月ですぐに名を得泉とあらためている。

理由は、よく当たる占い師に見てもらったところ、そのほうが繁盛するといわれたからだそうだ。

得泉は五年余りのあいだ、この町に住んでいた。ただし、急に牛込築地片町に越していった。もっといい家が見つかったから、とのことだった。

医者としての腕はひじょうによく、天神社地門前町に住みだしてから四年目くらいには、他の町からも病人が押し寄せるほどだったという。あまり金のこともいわないし、支払いがたまっても催促するようなことはまずなかったという。

その法仙が天神社地門前町の前に住んでいたのが、ここ本郷竹町だった。

本郷竹町の自身番につめていた年老いた町役人によると、法仙という医者は確かにいたとのことだ。

「腕はいいとの評判がありましたよ」

町役人は渋い表情になった。

「ただ法仙さん、高かったですねえ。金に汚い、と思わせるところもありましたし」

これはこれまでの二つの町とは異なる。

「たとえば」

「金払いがいいときは診てくれた病人を、いったん滞りはじめるとあっさり見捨てるということもありましたねえ。その病人はかわいそうに、別の医者にかかったんですが、死んでしまいましたよ。医は仁術、という言葉からはかけ離れていたお医者でしたねえ」

これはどういうことか。人が変わったのは、やはりまとまった金が手に入り、金に執着する必要がなくなったからなのか。

自身番をはやめに出て、七十郎たちは町名主のもとに行った。

「よくおいでくださいました」

こぎれいな家に住む名主は七十郎と清吉を座敷にあげ、上等な茶も振る舞ってくれた。

とろりとした甘みの濃い茶で、七十郎は久しぶりにこれだけおいしい茶を飲んだような気がした。乾いていた口中が、一気に潤いを取り戻した。

「うまいな、このお茶は」

七十郎が感想を述べると、名主は目尻《めじり》のしわを深めて笑った。

まだ年寄りというまでの歳ではないはずだが、そんな笑い方をすると、やや猫背気味なのもあるのか、縁側で茶を楽しんでいる隠居のような雰囲気がにじみ出る。

もっとも、この名主の歳より前に隠居する者など大勢いる。武家でも、元服したせがれに家督を譲って三十代後半で隠居する者は数多い。

「おかわりはいかがです」

「いいのか」

名主はにこやかに笑った。

「どうぞ、どうぞ、遠慮なさいますな」

清吉もおかわりをもらい、本当にうまいですねえ、と目を細めて飲んだ。

「このお茶はどこの産だ」

「下総ですよ」

「あまり茶どころとはきかぬが」

「でも、つくっているところはあるわけですよ。なんでも、宇治より茶の木を取り寄せたそうですよ」

「そうなのか。下総のどこだ」

名主は残念そうに首を振った。

「手前も教えてもらってないのですよ。出入りの行商人から買っているのですが、教えてくれないのです」

茶の話はここで打ちきりだった。七十郎は背筋をのばし、名主にまじめな顔を向けた。

「人別帳を見せてくれ」

名主が持ってきた人別帳を七十郎は手にし、目を落とした。

人別送りは駿府からされていた。

この町にやってきたのは二十三年前、天神社地門前町に越していったのは十三年ほど前だから、この町にはおよそ十年いたことになる。

「なにがきっかけで越していったか、おぬし、存じているか」

七十郎は名主にただした。

「いえ、手前は存じません」

「おぬし、法仙さんとは親しかったか」

「いえ、別に。もともと体は丈夫ですし、法仙さん、とにかく高かったですから、病の際はちがう医者にかかっていましたんで……」

「法仙さんと親しかった者は」

「いましたかねえ」

名主は天井を見あげて思いだそうとしてくれている。

「ああ、腕はよかったですから、商売でいえば何人か上客がついてましたね」

五人の元患者だった者を教えてくれた。

礼をいって、七十郎は名主の家を辞した。

すぐさま五人に会った。五人とも年寄りで病がちの者ばかりだったが、言葉ははっきりしているし、頭もしっかりしていた。

だから法仙のことはよく覚えていたが、五名とも法仙の前身のことなどはまったく知らなかったという。

「きいたような気もしますけれど、法仙さん、あまり話をしたがらなかったですねえ」

法仙さんにはよくしてもらいましたよ、と感謝の念を表情にあらわした商家の隠居はそういった。

「法仙さんのおかげで、手前はいまだにこうして生きていられると思っています」

だがこの町に住んでいるとき、法仙の身にはなにかが起き、そして逃げだしたのにちがいないのだ。

もう一度自身番に戻り、十三年前に法仙の身になにか起きなかったかを、町役人たちにきいてみた。

だが、そこにつめている五人の者すべてが首を振った。

「申しわけございません。覚えておりません」

五人ともすまなそうにいった。

あと半刻（一時間）ほどで日暮れという頃、七十郎は清吉とともに南町奉行所に戻った。

門のところで清吉とわかれた。清吉は一礼し、奉行所内の中間長屋に歩いていった。

七十郎は長屋門脇の入口から、同心詰所に入った。

手塚嘉十郎《てづかかじゅうろう》という同僚がなにやら調べ物をしていた。はやめに詰所に戻ってきたようだ。

手塚は経験豊かな町廻《まちまわ》り同心だ。七十郎は、十三年前に本郷竹町であった事件に覚えがないかきいてみた。

「本郷竹町で十三年前に起きた出来事か」

顎に手を当て、考えこむ。

「なにかあったような気もするが、すまぬな、七十郎、思いだせぬ」

「いえ、かまいませぬ」

七十郎は書庫に行き、手燭《てしょく》に灯を灯して本郷竹町に関した書類を捜した。すぐに見つかり、目を凝らして調べた。

何度か目を通したが、事件らしい事件は起きていない。人殺しはおろか、押しこみや追いはぎすらも起きていない。

「平和なものだな」

あきらめて書類を閉じようとしたとき、不意に目に入ってきたものがあった。

隣町の本郷元町《もとまち》に関する記述だった。

おや、とつぶやいて七十郎は読みはじめた。

書かれていたのは、本力屋《ほんりきや》という金貸しに入った泥棒のことだ。二人組で、五十両もの大金を盗みだしたが、すぐにつかまり、獄門《ごくもん》にされていた。盗まれた五十両も、無事に本力屋に戻されていた。

これは関係ないのだろうか。

七十郎は簡単な記述からなにか裏が読み取れないか、と繰り返し読んだが、なにも思い浮かばなかった。

書類を閉じて、元の場所に戻す。手燭を消して、書庫を出た。

四

出仕早々、修馬が顔を近づけてきた。

「勘兵衛、きいたか」

修馬からはねぎのにおいがした。味噌汁の具がねぎだったか、納豆にたっぷりとねぎをふりかけたか。

悪いにおいではなかった。

「噂のことか」

勘兵衛たちが住む番町に、助四郎と彩菜が駈落したのでは、という噂が流れていた。気になって、どこが出どころなのか、勘兵衛は女中頭のお多喜にただしたが、お多喜は出入りの豆腐屋からきいたといっていた。

豆腐屋をつかまえたところで、どうせその先があるのだろう。噂のもとをつきとめることなど、まずできそうにない。

勘兵衛は、麟蔵が手招いているのに気づいた。

「噂はきいたな」

「はい」

修馬が答える。

「修馬、おまえ、今朝なにを食べてきた」

修馬はびっくりしていたが、すぐに答えた。

「納豆ですが」

「ねぎは控えめにしろ」

「えっ、においますか。あの、ねぎはおきらいですか」

「きらいではないが、納豆にちょうどいい量というのがあるだろう」

「はあ、わかりました。たっぷりかけるのが好きなのですが、お頭がそうおっしゃるならば控えめにします」

「噂を誰が流したのか気になるな。だが、調べるのはまず無理だろう。それに、ただ本当にわきあがってきただけかもしれぬ。おまえらがさんざん嗅ぎまわったことは、番町の者たちはもう知っているだろうからな」

「口どめはしておいたのですが」

「人の口には戸を立てられぬ。今は二人の探索を続けろ」

はっ、と辞儀をしてから勘兵衛と修馬は立ちあがった。

城外に出る。

「勘兵衛、教えておいてくれよ」

いきなり修馬が不満そうに口にした。

「なにを」

「ねぎのことだよ」

「ねぎくさいのをいちいちいえるわけがあるまい。お頭がまさかあのようなことをおっしゃるとは思わなかったし。修馬、おぬし、本当にこれからねぎを控えめにするのか」

「せぬ。たっぷりとかけて食べるほうがうまいからな。そのあたりはいくらお頭のお言葉だからってしたがう気はない」

勘兵衛は振り向いた。

「あ、これはお頭」

「なに」

修馬が驚愕して、申しわけございませぬ、といきなり頭を下げた。

うん、という顔でおそるおそる顔をあげる。そこに誰もいないことに気づいた。

「勘兵衛、はかったな」

「はかるなんて大袈裟《おおげさ》なことをいうな。からかっただけだ」

「くそ。見てろ、勘兵衛、そのうちやり返してやるからな」

「ああ、やってみろ。待っているよ」

「余裕をかましやがって」

修馬がどんどん歩いてゆく。その背があっという間に遠ざかった。

「おい修馬、どこへ行く気だ」

勘兵衛は駆けだし、肩を並べた。

「勘兵衛、もし噂通り、二人が駈落だったら、どこで助四郎どのと彩菜どのは知り合ったんだろう。もしかして二人は相思相愛の仲で、彩菜どののほうの婚姻が決まったことで手に手を取って逃げだした、というのも考えられるよな」

確かに、と勘兵衛はうなずいた。

「今頃は、他国の空を眺めているのかもしれぬぞ」

だが、もし噂が本当なら、助四郎と彩菜の友人たちは、きっと二人の仲を知っていたはずなのだ。

今のところ、そういう言は一つも引きだされていない。

勘兵衛と修馬は、助四郎の道場仲間と彩菜の花の友人すべてを再び当たった。

誰一人として、二人の仲のことを知らなかった。

彩菜の友人からきけたことだが、彩菜の口からほかの男の話は何度か出たことがあるという。つき合っていたわけではないが、一人の娘としての憧《あこが》れというべきものだった。

そこまで彩菜はいったことがあるのに、肝腎《かんじん》の岩永助四郎の名は出なかった。

勘兵衛は修馬にいった。

「もしや、二人は知り合いでなかったのかもしれぬな」

「どういうことだ」

「二人を駈落に見せたかった者がいるとしたら、どうだ」

いわれた意味を、修馬は必死に考えているようだ。

「そういうふうに見せかけたかった者が故意に噂を流した。となると、勘兵衛、二人の失踪には裏があることになるな」

「それは確実だ」

「よし、より深く二人のことを調べてゆけば、謎《なぞ》は解き明かされるかもしれぬな」

「しれぬ、ではないさ」

「そうだな」

修馬が笑顔を見せる。とうに日暮れが近づきつつあるときで、西の空から射しこんでいる橙色の太陽に照らされて、その笑顔は力強いものに見えた。

五

詰所に戻り、手塚の姿を捜した。

七十郎は近づき、名を呼んだ。

「十三年前の本郷元町での泥棒を覚えていますか」

手塚は自らの文机の前にどかりと腰をおろした。七十郎は文机をまわり、向かい合うように正座した。

「本力屋のこそ泥か」

手塚は思いだしてくれた。

「確か五十両を盗んだ二人組だな」

「ええ、そうです」

「どうしてあの事件が気になる。二人はすぐにつかまり、死罪になったぞ」

「その二人以外に犯行に関《かか》わった者がいた、ということはなかったのですね」

七十郎はこれまでつかんだことを、手塚に余すことなく話した。

「そういうことか。その法仙という医者のことは覚えておらんなあ」

眉をひそめ、待てよ、とつぶやいた。

「その法仙という医者、駿府から出てきたといったな。駿府から出てきたといえば、為《ため》之助《のすけ》もそうではなかったかな」

「為之助ですか」

「そうだ。盗みに入られた本力屋の養子だ」

「その為之助というのは、いつ江戸に出てきたのです」

さすがに手塚は考えこんだ。

「俺の覚えが正しければ、二十五年前だ」

法仙が出てきたのはその二年後。法仙は為之助を頼って出てきたのか。

そうなのだろう。二人は知り合いなのだ。

「本力屋というのは、まだ店はありますか」

「いや、ない」

「潰れたのですか」

手塚が不思議そうな顔をした。

「七十郎、おぬし、知らなかったか。前に徒目付の山内修馬どのともう一人、とてつもなく大きな頭の人が見えて――」

「久岡勘兵衛どのですね」

「そうだ、久岡どのだ。その二人が本力屋のことを俺にききに来たことがあったんだが、話さなかったか」

七十郎は目を閉じて思い起こした。

「手塚さん、お手数ですが、もう一度話していただけますか」

手塚がうなずく。

「修馬どのの許嫁だったお美枝さん殺しに関連して、二人は本力屋のことを調べていたんだ」

「そうだったのですか」

しかし、ここで勘兵衛たちの名が出てくるとは意外だった。しかも、お美枝殺しまで登場するとは。

「本力屋はどうなったのです」

七十郎は再びきいた。

「為之助は本力屋の奉公人だった。それが主人の力蔵《りきぞう》の引きで養子となった。力蔵の死後、当然店を引き継いでやってゆくものと思えたが、いきなり店をたたんだんだ」

「店をたたんで為之助はどうしたのです」

「引っ越した」

「どこへ」

「小石川上富坂町《こいしかわかみとみさかちょう》だ。そこには半年ほど住んだだけで、今度は小石川春日《かすが》町に移った」

「今もそこにいるのですか」

「春日町にいたのはたったの三月だ」

「では今は」

「行方知れずだ。春日町からは、神隠しにでも遭ったようにいなくなったそうだ。家財はそのまま残されていたらしい」

これは、法仙の場合とまったく同じだ。為之助も何者かから逃げていたのだろう。

「しかし七十郎、なかなかおもしろくなってきたではないか」

手塚の瞳が、獲物を前にした猟犬のように輝きを帯びた。

「法仙を殺した者をとらえれば、為之助の行方もわかるな。いや、法仙が殺されたということは、為之助も死んでいるのかもしれぬ」

それは十分すぎるほど考えられる。

「為之助はもとは侍だったのがわかっている」

「えっ、そうなのですか」

「為之助の父親は江戸の旗本か御家人だったが、なんらかのへまをして縁戚《えんせき》を頼り、駿府に行ったようなんだ。それが父の死を契機に、為之助は再び江戸に出てきた」

「そして、為之助を追ってその二年後、法仙も出てきたということですね」

それにしても、法仙と為之助はなにをしたのか。

為之助が店をたたんだ、というのが気になった。奉公人から養子になれたのに、どうしてなのか。家産目当てか。まさか力蔵の死というのは。

「本力屋のあるじの死の理由はなんだったのです」

「もともと肝の臓の持病があり、それが悪くなったらしい」

「持病ですか。かかりつけの医者というのは、もしや法仙だったのではないですか」

「覚えてはおらぬが、考えられるな」

手塚が眉根をぎゅっと寄せた。

「七十郎、まさか法仙が毒を盛ったというのではなかろうな」

「持病をいわれていたくらいですから、あるじが亡くなったとき、検死医師による検死などなかったのでしょうね」

「まずな」

手塚は表情をゆがめている。

「そうか。あれは毒殺だったかもしれぬのか……」

悔しげな光が目をよぎる。

「しかし七十郎、法仙と為之助を追っていた者は、どうやって力蔵の死が毒殺であると知ったんだ」

「力蔵に身内は」

「いや、あの男に身寄りはなかった」

不意に手塚が顔をあげ、天井を見つめた。

「一人、心当たりがある。その男、力蔵に返し尽くせぬ恩を受けているはずだ」

六

天気はよくなかった。

だからといって、雨が降りそうな雲行きでもない。

雲は薄く、弱々しい陽射《ひざ》しが江戸をうっすらと照らしている。どことなく白っぽい光に町は包まれていた。

勘兵衛と修馬は道を急ぎ足に歩いていた。風が冷たく、ゆっくりなど歩いていられない。

「勘兵衛、頼みがあるんだが」

修馬が顔をのぞきこむ。

「なんだ。金以外のことなら、きくぞ」

「千二百石の当主なのにいうことがさもしいんだよな」

「うるさい。とっとといえ」

「気が短いな。頭はそんなにでかいのに。——そんなににらむな、今いう」

修馬がまずいことでも口にするように、そっとささやく。

「仕事に入る前に、寄っておきたいところがあるんだ。元造《げんぞう》親分のところだ」

勘兵衛は顔をしかめた。

「やくざ者とは手を切るように、お頭にいわれたではないか」

「つき合いはないさ。見舞いたいんだ」

「元造のやつ、病気でもしているのか」

「あいつはぴんぴんしている。いや、ぴんぴんしているらしい。娘のほうだ」

「元造に娘なんていたのか」

「親に似ず美形だぞ」

「病は重いのか」

「そう重くはないらしい。歩くこともできるそうだ」

「そうか。なら、ときはかからぬな」

「ああ、長居をするつもりはない」

元造の家は、善福寺門前元町《ぜんぷくじもんぜんもとまち》にあるとのことだ。

善福寺門前元町といわれても、勘兵衛にはどこかわからない。ただ、善福寺というのは耳にした覚えがある。

「善福寺というのは名のある寺か」

「なんだ、知らぬのか。善福寺は、府内では浅草寺《せんそうじ》に次いで古いといわれている寺ではないか」

「そういわれれば、きいたような気がする」

「親鸞上人《しんらんしょうにん》が植えたといわれる逆さ銀杏《いちょう》で知られているぞ」

それも耳にした覚えがある。

「麻布《あざぶ》のほうだったかな」

「そうだ。元造は麻布のほうを縄張にしているんだ」

一度、助太刀《すけだち》として出入りに行ったのは、確か中目黒村《なかめぐろむら》のほうだった。麻布からならそれほど距離はない。

元造の家は、旅籠《はたご》でもつとまりそうなほど広かった。二階屋で、草木や花で埋まっている庭の入口に格子戸がつけられていた。

家は善福寺前の大通りに面しているわけではなく、隣町の麻布網代町《あみしろ》との境になっている道沿いに建っていた。

「でかい家だな」

「ああ、子分のほとんどが住みこんでいるからな」

「修馬も住んでいたのか」

勘兵衛がきくと、修馬がなつかしそうに二階を眺め、指さした。

「そこの角部屋がそうだった」

雲の切れ目から射しこんできた日を浴びて、部屋の障子が明るく染まっている。

「日当たりのいい部屋をもらっていたんだな」

「望まれて雇われた用心棒だ。待遇が悪いはずがなかろう」

道をまわりこんで、修馬は裏庭に来た。

そこにも小さいながら格子戸があった。修馬は立ちどまり、軽く咳払いをした。

「さて、勘兵衛、行くか」

修馬が格子戸をあけようとしたが、錠がされているようで、ひらかなかった。

「おい、あけろ。山内修馬だ」

家に向けて声を張りあげる。

障子がひらいて、一人の若い男が顔をのぞかせる。修馬を見て、あっ、と声をあげた。

沓脱ぎの雪駄を履くのももどかしげに、土をかくように駆けてきた。

「これは修馬さん、いえ、山内さま、いらっしゃいませ」

格子戸の向こうでぺこぺこ辞儀する。

「太吉《たきち》、そんなのはいいから、とっととあけてくれ」

「ああ、失礼いたしやした」

懐から鍵《かぎ》を取りだし、がちゃがちゃやった。格子戸がすっとひらく。

「お待たせしました」

勘兵衛は修馬のあとに続いて、格子戸を入った。

「なんだ、いつから鍵なんかかけているんだ。よその一家との出入りでも近いのか」

「いえ、ちがいます」

あわてて太吉が首を振り、声をひそめる。

「お由梨《ゆり》さんですよ」

「病ときいたが、それと鍵がどういう関係があるんだ」

太吉がなにかいいかけたが、はっとして口を閉じた。

ちょうど親分の元造が濡縁に出てこようとするところだった。

「おう、元造」

元造が濡縁で正座する。

「これは山内さま、いらっしゃいませ。久岡さまもようこそいらしてくれました」

「お由梨が病ときいて見舞いに来たんだ」

元造が眉を曇らせる。もともと白髪まじりだったが、前よりもっと白くなったように見える。大柄な体つきも背が丸まり、少し縮んだように感じられた。

一家を束ねる親分として力強かった眼にも、今は光がほとんどない。

勘兵衛と修馬はなかに入り、先導する元造のあとに続いた。

階段をのぼり、二階にあがった。

案内されたのは、修馬がつかっていた部屋の前だった。

襖が閉めきられ、なかからは人の気配が漂っているが、ひっそりとして人声はきこえない。

「お由梨、起きているか」

返事はない。

「入るぞ、いいな」

元造が静かに襖をあけた。

部屋のまんなかに布団が敷いてあり、掛け布団をかけて娘が寝ていた。

いや、どうやら横たわっているだけだ。目はあいている。

「お由梨、山内さまがいらしてくれたぞ。起きられるか」

「いや、無理はせんでいいぞ」

修馬がいったが、お由梨という娘は驚いたように目をみはり、襟元をかき合わせてから掛け布団をどけて起きあがった。

「大丈夫か」

元造が枕元に座る。その横に修馬があぐらをかいた。

病人がすごしている部屋らしいにおいがかすかにしただけで、息がつまるような薬のにおいはなかった。

勘兵衛は二人のうしろに正座し、修馬の肩越しにお由梨という娘の顔を見た。

目が大きくて、黒目が濡れたように光っている。鼻は小さいが鼻筋がしっかりと通り、顎がほっそりとしていて、それが薄い唇とぴったり合っている感じがした。

修馬のいう通り、きれいはきれいだった。

しかしいかんせん、やせていた。やせすぎている。両肩の骨はとんがり、着物を持ちあげている。胸にもほとんどふくらみがなく、板でも貼《は》りつけているようだ。

土のような顔色で、紛れもなく長患いしていることを示している。髪にもつやがなく、どこかざらざらしている。

「お由梨、元気そうではないか」

修馬がにっこりと笑いかける。

「安心したよ」

だが、お由梨はなにもいわない。ただ、じっと修馬の顔を見ているだけだ。

「それだけ元気そうなら、本復も間近なのであろうな」

やはりお由梨は言葉を発しない。口のきき方を忘れてしまったかのようだ。

不意に目を閉じた。膝の上の二つの拳が震えている。

こみあがってきた感情をなんとか押し殺そうとしているように見えた。

お由梨が目をひらいた。まぶたを持ちあげた涙に抗しきれなかったのか、次から次に出てきた涙がしずくとなって布団に落ちてゆく。お由梨はぬぐおうともしない。

修馬は呆然としている。

元造も言葉をなくしていたが、ようやく喉の奥からしぼりだすようにした。

「山内さまにいらしていただけて、お由梨はよほどうれしかったようですよ」

「ああ……そうか」

いきなりお由梨が動き、布団のなかに体を沈み入れた。掛け布団を引きあげ、顔を見えなくする。

「どうした、お由梨」

元造がやさしく声をかけるが、お由梨は掛け布団をがっちりと握っている。

こうなっては、力ずくで引きはがすわけにもいかない。

仕方あるまい、というように修馬が元造にうなずきかける。

「お由梨、また来る」

いい置いて、修馬が立ちあがった。勘兵衛も続いた。

「なんの病だ」

下におり、話し声がお由梨に届かないのを見計らって修馬が元造にただす。

元造は来客用の座敷に勘兵衛たちを導いた。

「それがわからないのですよ」

ほとほと弱ったという顔で、元造がこうべを垂れる。

「ずいぶんやせてしまったな。別人を見るようだったぞ。医者はなんと」

「お医者も原因がわからんそうです。あっしは心を病んでいるのでは、と思っているんですけどね」

「心のほうか。どうしてそういうふうになってしまったのか、心当たりはないのか」

元造が、苦い薬でも飲んだように顔をゆがめる。

「ございません」

「いつからだ」

「そうですね、ここまでひどくなったのは二月ほど前でしょうか」

「前触れめいたものはあったのか」

「もともと口数はそんなに多くはなかった娘でしたけれど、それが徐々に減っていきましてね。顔色も悪くなって。最初になんとなく様子がおかしいな、と思ったのは五月くらい前ですかねえ」

「その頃、なにかお由梨にあったのか」

「あっしも一所懸命に思いだしましたけど、それがなにもないんですよ」

「そうか、おぬしがそこまでいうのなら確かだろう」

修馬が思いだしたように言葉を継ぐ。

「格子戸だが、どうして錠をおろしているんだ。お由梨に関係しているらしいが」

元造がうつむいてため息をつく。

「あっしたちの目を盗んで、お由梨が出てゆくことがあるんですよ。いつもあの格子戸からなんです。一度なんんか、半日以上見つからなかったんですよ。見つかったのは、増《ぞう》上寺《じょうじ》近くの赤羽橋《あかばねばし》だったんです。橋の上からぼんやり新堀川《しんぼりがわ》の流れを眺めていたそうです。それで仕方なくああしているんですよ」

また近いうちに来る、と元造にいって修馬が席を立った。

家を出て、道を歩きはじめたとき修馬が鋭く振り返った。

そこには元造をはじめとして、子分たちが勢ぞろいして勘兵衛たちを見送っていた。

修馬がどこか落ち着かなげにしているのに気づき、勘兵衛は言葉をかけた。

「どうした」

「いや、なにか眼差しを感じたものでな」

勘兵衛は眉をひそめた。そうきいて、二度浴びせられた粘るような眼差しを思いだした。

勘兵衛はまさか、と思って元造たちを見たが、自分を見つめている者はいなかった。

「今も感じるのか」

「いや」

修馬は首を振り、釈然としない顔で歩きだした。

「勘ちがいかもしれぬ。——しかし勘兵衛、胸が痛いな」

参拝の者たちでにぎわっている善福寺の前の道に出て、修馬がいった。

「きれいだったんだ。髪は濡れ羽色というのかな、つやがあって。体つきだってもっとふっくらとしていて、いかにも娘、という感じがしていたんだ」

少し間をあけてから続けた。

「信じられない変わりようだった。俺は息がとまりそうになったよ」

「あの娘、いくつなんだ」

「まだ十九だ。とてもそういうふうには見えなかったがな」

「修馬、おぬしには心当たりはないのか」

修馬が足をとめ、にらみつけてきた。

「あるわけなかろう」

「そんなに怖い顔をすることはない。だがな修馬、あの涙はなんだ。おぬしを見て、急に泣きだしたぞ」

むう、とうなって修馬が考えこむ。

「わからぬ」

「あの娘がおぬしに惚《ほ》れていたということはないのか」

修馬はどきりとしたようだ。

「俺がいなくなったから、ああいうふうになったとでもいうのか」

勘兵衛はなにもいわず、黙って修馬を見返した。

「いや、わからぬ」

修馬は力なくかぶりを振り、一気に話した。

「俺があの家にいたときだって、お由梨と言葉をかわしたことはほとんどなかったんだ。やくざ者が父親で、母親もなく育った娘とは思えぬくらいしとやかで自分のことはあまり口にしない娘だったが、お由梨がそんな思いを秘めていたとは俺には思えぬ。同じ屋根の下で暮らしていた娘だ、もしそんな気持ちを抱いていたとしたら、いくら俺が鈍いとはいえ、気づいていたと思う」

七

勘兵衛たちは無言で道を北に向かった。目指しているのは小川町だった。

二人は彩菜のことを調べるつもりでいた。

太陽は中天にあり、まずまずあたたかな光を送ってきてくれている。風はほとんどなく、江戸の住人を悩ます土埃も、今日はほとんどあがっていない。

小春日和《こはるびより》といってよく、その穏やかさに誘われたように、町人たちが足繁《あししげ》く行きかっている。まるで春を迎えたかのように人々の表情は明るかった。

江戸城をぐるっと迂回《うかい》する感じで九段坂《くだんざか》をくだろうとしているときだ。

前から寄ってきた二人組がいた。一人は黒羽織《くろばおり》を着た長身だった。

「おう、七十郎ではないか」

勘兵衛は声をあげた。

二人が笑みを浮かべて近づいてくる。

「清吉も元気そうでなによりだな」

「ありがとうございます」

清吉が辞儀する。

七十郎が勘兵衛と修馬に挨拶してきた。

「久岡さん、山内さん、昼餉はもうおすみですか」

「いや、これからだ」

「でしたら、ご一緒しませんか」

勘兵衛は七十郎を見つめた。

「ここで会ったのは偶然ではないようだな」

「そういうことです」

「どこかいい店があるのか」

修馬がきいた。昼餉ときいて、ようやく気持ちが立ち直ってきたようだ。

「もちろんです」

九段坂をおりきると、飯田川《いいだがわ》に架かる俎橋《まないたばし》にぶつかるが、勘兵衛たちは道を左に折れた。飯田川に沿って北へ歩く。

七十郎が足をとめたのは、持田《もちだ》という店の名が染め抜かれた暖簾が下がっている一膳飯屋の前だった。

一膳飯屋といっても、どこにでもあるようなつくりではなく、料亭のような雰囲気を醸している。長床几も店先に出ていない。

七十郎に続いて、勘兵衛たちは暖簾をくぐった。魚が焼ける香ばしいにおいに店内は包まれていた。

店の者に二階の座敷に案内された。

二階は二十畳ほどの座敷になっていて、客がたくさん入っていたが、店の者が間仕切りを立ててくれた窓際に勘兵衛たちは落ち着くことができた。

黒光りする太い柱が、いかにも老舗《しにせ》を感じさせる。

「なんにいたしましょう」

店の者が注文を取りに来た。

「ここはそれがしにまかせてもらえますか」

「ああ、頼む」

「じゃあ、いつものを四つ」

ありがとうございます、と店の者は元気よくいって階段をおりていった。

「七十郎、用件は」

端整な顔を見つめて勘兵衛はきりだした。

「ああ、そうでしたね」

七十郎が深いうなずきを見せ、ほかの客にきこえないように声をひそめた。

「本力屋の養子だった為之助のことをききたいのです」

「どういうことだ」

問い返すと、七十郎がささやくような声で説明した。

「そういうことか……」

きき終えて勘兵衛は身を乗りだした。

「その法仙という医者が本力屋に関わっていたのか」

「ということはだ」

横から修馬がいった。目をらんらんと輝かせている。

「それを突きつめていけば、お美枝殺しの下手人に行き着けるかもしれんな」

「かもしれぬ」

勘兵衛は同意した。

「よし七十郎、こちらでわかっていること、すべてを教えよう」

勘兵衛は声を高くすることなく語った。

「ありがとうございました」

きき終えて七十郎は礼をいったものの、それほど高ぶった顔はしていない。

「なんだ、すでに知っていたことばかりのようだな」

「いえ、お話しいただいて、とても感謝しております」

「七十郎、用意されていた大八車だが、その三人組は法仙さんを失踪に見せかけたかった、ということだな」

「そうでしょう」

「為之助も同じように殺されたと考えているんだな」

「はい。為之助も殺害され、どこかに運び去られたものと」

「まずまちがいなく」

「ということは——」

修馬がなにかをさとった顔で口をはさんだ。

「もしや太郎造《たろぞう》もか」

勘兵衛ははっとした。太郎造はお美枝の父親だ。

「もしそういうことだとすると、太郎造さんもとうに殺されていて、失踪に見せかけられた、ということになるのか」

「その通りだ」

修馬が歯を食いしばる表情になった。

「――七十郎どの、為之助は本力屋の家産を目当てに法仙に依頼し、力蔵に毒を飼ったということだったな」

「修馬、声が高い」

「ああ、すまぬ」

「それがしはそう考えています。あまり強くない毒を、ときをかけて力蔵の体にしこんでいったのではないかと」

「太郎造が為之助、法仙と同様に始末されたかもしれぬということは、太郎造も力蔵殺しに一枚噛んでいるということになるな」

「そういうことでしょう。三人で金を山わけしたのでしょうね」

修馬が放心したように天井を見つめる。

「太郎造は腕のいい飾り職人で、とてもまじめな男という話だったではないか」

肩を揺り動かして大きく息をし、修馬が顔を勘兵衛に向けてきた。

「太郎造と為之助が法仙と同じように殺されたとして、いったい誰の仕業だ」

勘兵衛の脳裏には、本力屋を真似て本八屋を店の名にした男の顔が思い浮かんでいる。

「力蔵の仇討《あだうち》と考えると話は通ずるな」

「仇討だと」

「力蔵に身寄りがあったのか」

「いや、奉公人だ。太郎造のことを、腕がよくとてもいい男と評した男だよ」

修馬がまじまじと見る。

「八郎左衛門のことをいっているのか。しかし勘兵衛」

また修馬の声が高くなり、勘兵衛は手で抑えた。

「法仙を殺したのは、赤子を連れてきた夫婦の話から、明らかに八郎左衛門ではないぞ。人相も年齢もちがう」

「依頼したのではないのか」

「誰に」

勘兵衛はしばらく黙っていた。おのれのなかで生まれた考えが、まちがいないものか、確かめていた。

そんな勘兵衛を、七十郎が深い光を瞳に宿して見つめていた。

「そういうことをしてくれる輩《やから》だ」

「しかしまさか八郎左衛門が……」

修馬は信じたくないという顔だ。ごくりと息をのんでから、言葉をつないだ。

「とすると、お美枝を殺したのも八郎左衛門か。親殺しを知られ、口を封じたのか。そんなことあるものか」

そばで食事をしている者たちのざわめきが伝わってきた。

「気持ちはわかるが、修馬、静かにせぬか」

「静かになどできるか」

修馬は唾を飛ばしていった。

「これから八郎左衛門に会って、問いただしてやる」

立ちあがろうとする。勘兵衛は両腕をのばし、修馬の肩をつかんだ。

「まあ、座れ」

腕に力をこめると、修馬はわかった、といって腰をおろした。

「まったく勘兵衛はこういうときになると、恐ろしい顔になるんだ。そのでかい頭がのしかかってくるようで、本当に怖いぜ」

「そんな冗談がいえるくらいだから、冷静になったようだな」

「もう大丈夫だ」

「修馬、八郎左衛門のほうは七十郎にまかせろ。俺たちにはやるべき仕事がある」

「駈落など放っておけばよい」

「駈落ではないかもしれぬ、と修馬も納得したではないか」

「しかし……」

「修馬、七十郎を信じろ。探索の腕は南町奉行所一といっても過言ではない」

その言葉に誰よりも顔を輝かせたのは、中間の清吉だった。

八

「結局、持田の料理、あんまり味はわからなかったですねえ」

清吉がうしろからいう。

「ああ、急いで食べたからな」

早飯はよくあることとはいえ、せっかくの料理をあんなにはやく食べてしまったことに、七十郎はもったいなさを覚えていた。

もっとも、代はいつものように勘兵衛がもってくれたのだが、勘兵衛と食事をするなど滅多にないだけに、もっと味わって食べたかった。

「急いで食べたにしても、油で揚げた秋刀魚《さんま》を甘酢にひたしたやつはうまかったですよ」

「うん、あそこのおまかせははずれがないよな。清吉、また行こう」

「そうしましょう」

清吉がうれしそうにうなずく。

「それで旦那、久岡さまのおっしゃったように、太郎造のことを調べるんですかい」

「そのつもりだ」

飾り職人だった太郎造の親方の家に向かう。家は、小石川下富坂町にあるとのことだ。自身番に寄り、場所をきくと、町役人の一人が案内してくれた。

「こちらですよ」

表通りに面している一軒家だ。午後になって一際強くて冷たい風が吹き渡るなか、正面の戸はしっかりと閉じられている。風とともに土埃がしきりに攻勢を浴びせているが、つくりがしっかりしているのか、戸ががたがた鳴るようなことはなかった。

「岩吉《いわきち》さん、いらっしゃいますか」

町役人が戸をとんとんと叩く。

「なんですかい」

戸がひらき、がっしりとした体格の男が顔をのぞかせた。目玉が大きく、顎もがっしりとしている。襲いかかってきた土埃に、顔を下げた。きれいに剃ってある月代に土埃がかかっていく。

「ああ、岩吉さん、こちらのお役人が話をききたいと」

歳は六十くらいだろうか。

「どんなことです。ああ、どうぞ、お入りになってください」

七十郎は町役人に、ありがとう、と礼をいった。町役人は辞儀を一つして、いま来た道を帰っていった。

土間のまんなかに大火鉢があり、しきりに炭を弾いている。あたたかだった。

職人たちが手をとめ、入ってきた七十郎と清吉を見ている。

「なに見とれてんだ。仕事に戻りな」

岩吉が一喝すると、三人の職人はあわてて腕を動かしはじめた。行灯は職人の手元にそれぞれ灯されており、土間はそのおかげで十分に明るかった。

「こちらにどうぞ」

岩吉の言葉にしたがい、雪駄を脱いだ。

「おい、お松《まつ》、お役人がお見えだ。茶を三つ持ってきてくれ」

奥に向かって声を張りあげる。はーい、という声がかすかにきこえてきた。

土間からやや離れた座敷に連れてこられた。誰もおらず、冷気が寒々と居座っていた。

「今、火鉢を持ってきますから」

岩吉が一礼して姿を消した。戻ってきたときには、ふつうの火鉢を両腕で抱えていた。

よっこらしょ、と七十郎の横に置く。

「お待たせしましたね。あったまってください」

「すまぬな」

足のほうから冷えてきていた七十郎はほっとして手をかざした。

岩吉が真向かいに正座した。

「それで、話というのはなんでしょう」

「十二年ほど前、こちらで働いていた太郎造という男のことをききたい」

「ああ、太郎造ですか。覚えてますよ。でも、あいつは行方知れずになっているんですけど、もしや見つかったんですかい」

「いや、見つかってはいない。――どんな男だった」

「どんな男っていわれましてもねえ。――仕事はとてもできました。筋もよかったです。でもあっしは知らなかったんですけど、とにかく博打《ばくち》が好きで、よく賭場《とば》に出入りしていたようですね。前から好きだった女と所帯を持って子供も生まれて……。けど、いなくなる寸前の頃は、稼ぎのほとんどすべてを博打に吐きだしていたらしいです」

市三《いちぞう》、と岩吉が手招いた。さっき土間で働いていた一人だ。

「そんなに太郎造は博打に入れあげていたのか」

「ありゃ、病気でしたよ」

顔をしかめて市三が吐き捨てる。

「失踪する頃には、仕事より博打のほうが本業のようになっていたんですよ。いつも金に困っていましたね。ですから失踪したときは、やくざ者から逃げて上方《かみがた》にでも行ったか、それとも江戸の海に重しをつけられて、と思いましたよ」

勘兵衛たちの話だと、八郎左衛門は太郎造が博打好きだったとはいっていなかった。

八郎左衛門は知らなかったのか。

いや、太郎造が殺されても不思議でない男であるのを、隠しておきたかったのだろう。

それしか考えられない。

あとは、太郎造が法仙、為之助とどこでつながったかだ。

おそらく、と七十郎は思った。引き合わせたのは八郎左衛門自身なのではないか。

むろん、そのときの八郎左衛門には、後日、三人が組んで力蔵殺しを企むなど、夢にも思わなかったのだろう。

岩吉の家を出た七十郎は吹き荒れるようになってきた風に逆らうように、道のまんなかで足をとめた。

七十郎は腹を決めた。歩きだした。うしろからじっと見つめていた様子の清吉も、足を進めはじめた。

「旦那、どちらへ」

「本郷一丁目だ」

振り返らずに答えた。

「本八屋ですね。八郎左衛門さんに会うんですかい」

「そうだ」

西からの追い風というのもあったのだろうが、七十郎の足ははやく、四半刻もかからずに本郷一丁目までやってきた。

風はさらに強くなり、それを避けたのか町からは人影が消えつつあった。強風にばたばたとはためいて吹き飛ばされそうになっている暖簾を払い、戸口を入った。

「ごめんよ」

広い土間は暗く、客は一人もいなかった。戸を閉めると嘘のように風の音がしなくなり、大火鉢が置かれているために、土間は意外なあたたかさに包まれていた。

七十郎は、ほうと思わず吐息を漏らした。清吉も助かったという顔をしている。

目の細かい格子窓の向こうから、鋭い瞳が見ていた。

「これは稲葉さま、よくいらしてくださいました。清吉さんもどうも」

如才なくいって、八郎左衛門が頭を深く下げる。

「うむ、久しぶりだな」

清吉が軽く会釈する。

「稲葉さま、ご入り用なのですか」

八郎左衛門が遠慮がちに声をかけてきた。

「いや、ちがう。話をききに来た」

「さようですか。でしたらこちらにどうぞ」

八郎左衛門が腰を浮かし、奥を手で示した。

「いや、ここでいい。手のかかることをききに来たわけではない」

そうですか、と八郎左衛門が座り直す。

「太郎造のことをききたいんだ」

七十郎がいうと、思いがけない名をきいたというように、八郎左衛門の顔にとまどいが浮かんだ。

「見つかりそうなのですか」

「いや、まったくだ」

「そうですか。太郎造のどのようなことを」

「人となりだ」

わかりました、と八郎左衛門はいった。

「太郎造は仕事熱心で、誰からも好かれていました。飾り職人をしていましたが、腕はすごくよかったですね。小石川下富坂町にある飾り職人の親方の下《もと》で修業をしていましたが、ほんの数年で独り立ちが認められたくらいですから」

「女遊びはやらなかったのか」

「女房をもらう前は少々。もらってから、そして失ってからはほとんど女遊びはしなかったのですねえ。男ですから、悪所にはときに行っていたようですが」

「博打はどうだ」

「やっていたという噂はきかなかったですねえ。まじめ一本の男でしたから」

九

「それで勘兵衛、どこに行くつもりだ」

修馬が不満そうにきく。明らかに八郎左衛門のことが気にかかっている。

「彩菜どのには許嫁がいるよな」

勘兵衛は修馬の気を惹くようにいった。

「じゃあ、そこの屋敷か。確か島岡京三郎《しまおかきようざぶろう》といったよな」

「歳は二十四だ」

「俺より若いのに、婿入りできるのか。うらやましいな」

「なにしろ三千石だ。いくらでも引きはあるさ」

「寄合《よりあい》か」

「そうだ」

「そうか、無役なのか」

寄合というのは三千石以上の旗本で、無役の家をいう。

島岡家は、神田駿河台《かんだするがだい》の富士見坂《ふじみざか》をのぼりきったところにあった。

京三郎は屋敷にいた。勘兵衛たちが通されたのは、屋敷の北側にある日当たりの悪い部屋だ。

修馬の隣に正座して勘兵衛は、四畳半にすぎない部屋を見まわした。

畳はすり切れている。火鉢はあるが、炭がないようで、あまり熱は発していない。

部屋はいかにも寒々としていた。

俺はこういうところで育ったのだ。

なつかしさはあるが、脱することができた喜びのほうがやはり強かった。

「申しわけない」

京三郎は端整な顔をしかめている。体の線はほっそりとしており、いかにも大身の旗本の子息という感じだ。

ものいいにも育ちのよさがうかがえた。声も穏やかで、のびがいい。

「せっかくいらしてくれたのに、ちょっと頭が痛いもので掃除もろくにできず」

布団はたたまれていたが、勘兵衛たちが来るまで寝ていたようだ。

「風邪ですか」

勘兵衛はたずねた。

「ふつか酔いです。昨夜、ちょっと飲みすぎました」

うしろ頭をぼりぼりかいた。このあたりは礼儀作法にあまりとらわれない、部屋住みの者らしい感じがあらわれている。

「高井家から昨日、知らせが来たんですよ。許嫁に逃げられた男ですからね。その情けなさからまだ立ち直っておらぬのです」

京三郎は淡々と話した。

島岡京三郎には、かなりの切れ者、との評判があるのを勘兵衛と修馬はすでにきこんでいた。

京三郎自身、すでに江戸城に出仕しており、次期将軍と目されている将軍の継嗣のお気に入りということだ。

三千石もの大身となると、子弟は嫡男でなくても江戸城への出仕が許されるのだ。

この島岡京三郎という男は、と勘兵衛は見つめて思った。切れ者といわれていながら、千九百五十石の家の養子に入るのだ。

つり合いが取れた縁組ではない。部屋住みを脱せられるのはまずもって幸運といえるのだろうが、そのことに勘兵衛はわずかな不審を覚えた。

京三郎にその疑問をぶつける。

「ああ、それですか」

京三郎は小さな笑みを頬につくった。

「彩菜どのが小町といわれていたことをご存じですか」

「ええ、きいています」

これは修馬が答えた。

「それがし、養子に入るのならできれば美形のところに行きたかったのです。言葉は悪いですが、禄が高くても醜女《しこめ》のところに養子に入ったところで、それからの人生がつまらぬのでは、と思えてならなかったのです」

「引きあげる自信もおありなんですね」

勘兵衛がいうと、京三郎はにっこりと笑った。

「さすがですね。どんなに低い禄高の家に養子入りしても、きっとその禄高を引きあげてやろう、と思っていますよ。高井家でもむろん、それを期待していたにちがいありませぬが」

少し寂しそうな表情になった。

「そう決意していたものの、肝腎の奥方になる人に逃げられては、どうにもなりませんけどね」

自嘲《じちょう》気味にいって、京三郎が姿勢をあらためる。

「彩菜どのは見つかりそうですか」

「まだなんともいえませぬ」

勘兵衛は無難な答えを返した。

「お願いがあります。それがしも探索に加わらせていただけませぬか」

「それは無理です」

「きっとそれがし、お役に立てると思うのですが。大事な許嫁がいなくなってしまったのです。飲んだくれている場合じゃないのがようやくわかりました」

「京三郎どの、ここはそれがしどもにおまかせください」

「しかし――」

「おまかせください」

京三郎はようやく食い下がるのをやめた。

「きっと見つけてくださいますか」

両手をついて懇願してきた。

「その努力は惜しみませぬ」

京三郎は唇を嚙み、下を向いた。自分一人で捜してみせる、という決意を秘めたように思えたが、それをとめる手立ては勘兵衛たちにはなかった。

「彩菜どのが行きそうなところに心当たりはないですか」

姿勢を正して修馬がきいた。

「残念ながら。まだ一度しか会ったことがなく、人となりなどほとんど知りませぬ」

そうですか、と修馬がいった。

「岩永助四郎という男をご存じですか」

「いえ」

瞳にきらりと光が躍った。

「その男は彩菜どのとなにか関係があるのですか」

表情に憤怒の色が見えている。本当に彩菜に惚れているのだ。

「いや、こちらも行方知れずになっておりまして」

ええっ。京三郎の顔色が変わる。

「まさか二人は駈落を。そういうことだったのか。彩菜どのには好きな男がいたのか」

「京三郎どの。そう決めつけることはできませぬ」

「どういうことです」

「今はまだ、二人につながりがあったのか、それすらもわかっておらぬのです。調べている最中です」

「そうなのですか」

悄然《しょうぜん》とした様子になった。

「だとしたら、なにゆえ彩菜どのは姿を消してしまったのか」

呆然とつぶやく。そこに切れ者といわれている面影はない。

日当たりの悪い部屋に京三郎を残し、勘兵衛と修馬は京三郎の両親に会った。二人はそろって客座敷に姿を見せた。

「ええ、話はきいています」

京三郎の父親の京右衛門《きょうえもん》がいった。

「しかしそれがしどもに、彩菜どのがなにゆえいなくなったのか、きかれても答えようがありませぬ」

京右衛門が妻の泰代《やすよ》を見る。

泰代は小柄な女で、肩も細く、背中も薄かった。膝の上で合わせている手もとても小さい。

これで男女五人の子供を生み、育てたというのは信じられない。

五人の子供のうち三人が女で、三人ともすでに他家に嫁いでいる。嫡男はとうに京右衛門の跡を継いでいた。

「奥方にも心当たりはありませぬか」

「ございませぬ」

泰代は静かに答えた。目がややつり気味で、頬骨が突き出ている。どこか冷たそうな感じを勘兵衛は受けた。

それはきっと京右衛門が養子で、泰代が家つきの娘であるのと無関係ではないのだろう。

京右衛門は、泰代の顔色をうかがって毎日を暮らしているふうに見える。とにかく頭があがらないのではないか。

岩永助四郎、という男のことも知らない、と二人は口をそろえた。

なにも得るところなく、勘兵衛と修馬は島岡屋敷を出て城に向かった。

吹き渡る冷たい風が身にしみた。

第三章

一

空が鳴っている。

ごうごうと獣の咆吼《ほうこう》のようにうなっていた。島岡屋敷をあとにした頃より、風はさらに強くなっている。

氷の粒でも含んでいるかのように冷たさも増してきており、うなりをあげ続ける風は肌に突き刺さるようだ。

提灯がぐらぐら揺れ、持っている手も冷たくてならない。何度か手を替えつつ、屋敷への道を勘兵衛は急いだ。

さっき修馬とはわかれたばかりで、屋敷まではあと少しだ。

空腹が募っている。あたたかなものを腹に入れたかった。

酒も飲みたい。風呂あがりに美音の酌で熱燗を飲む、という光景をこれまで何度、頭に思い浮かべたか。

歩きながら、空を見あげた。

空からは雲が一掃されており、白や赤の石や砂を散らして星が輝いている。その瞬きにあたたかみなど一切感じられず、今夜はただ冷たさだけが目立っている。

屋敷まであと半町ほどまで来た。

勘兵衛は、むっと体を一瞬かたまらせた。背後からの目を感じたのだ。

何者だ。

この前、楽松で修馬と一緒に飲んだとき、手水場で感じたものと同じに思えた。

相変わらず粘るような眼差しだ。見つめている者の性格をあらわしているのだろう。

眼差しの気味の悪さに我慢できず、勘兵衛はすばやく振り返った。

ほんの十間（約十八メートル）ほどうしろに、人影が動いている。ぞろぞろと黒い影がいくつも歩いていた。

城から下がってきたと思える大身旗本の一行だ。総勢で十四、五名ほどか。

あのなかにいるのか、と勘兵衛は思い、さらに見続けた。

だが一行のなかで、勘兵衛に目を向けている者がいるようには見えなかった。

一行は道を右に折れ、勘兵衛の視野から消えていった。

勘兵衛は身を切る冷たさに耐えながら、その場を動かずにいた。

いったいどこから、誰が。

今はもう眼差しは消えている。

勘兵衛は息をつき、体をひるがえして歩きだした。

眼差しが消えたからといって、油断はしない。緊張でこの寒さのなか、汗が出てきた。

あと半町が異様に長く感じられた。

勘兵衛は屋敷に帰り着いた。

「お帰りなさいませ」

式台で美音が迎えてくれた。眉を曇らせる。

「いかがされました。お顔が青いように……」

勘兵衛は廊下を歩きつつ、眼差しのことを話した。

「またですか」

「うん、まただ」

勘兵衛はできるだけ軽くいった。自室に戻って着替える。

「腹が減ったな」

「先に召しあがりますか」

「いや、風呂のほうがいいな。今日はことのほか寒い」

「あたたまってからのほうが、食事もおいしいでしょう。お酒も召しあがりますか」

「頼む。それを夢見て戻ってきたんだ。もちろん、美音の顔を一刻もはやく見たい、という気持ちが一番だが」

美音がにっこりと笑う。

「今宵は、私は二番目で十分です」

勘兵衛は風呂に浸かった。

縮こまっていた体が解き放たれるようで、思わず吐息を漏らす。血のめぐりも一気によくなったようで、体が徐々にあたたかくなってゆく。

勘兵衛は風呂が好きとはいえないが、ここまで寒くなってくると、さすがにありがたいとしかいいようがない。

湯船に体を沈めている最中、先ほどの眼差しが脳裏に戻ってきた。

何者なのか。

いま考えたところでどうしようもない。だが、打ち消そうとしても打ち消せなかった。血と一緒にいらぬ考えが、頭のなかをぐるぐるまわりはじめたようだ。

勘兵衛は風呂を出た。

手早く着替えをすませて台所横の部屋に行く。火鉢ははやくから置かれていたようで、部屋はあたたかかった。これなら、湯冷めをすることはなさそうだ。

「お待たせしました」

お多喜が膳を持ってきてくれた。

主菜は目刺し鰯《いわし》で、あとは大根の煮つけたものだ。つゆはわかめの味噌汁で、少しばかり豆腐が入っていた。

勘兵衛は酒と一緒に飯を食べない。食後にじっくりと飲む。それをお多喜も知ってい
る。

勘兵衛はさっそく食しはじめた。

「おいしいですか」

「ああ、うまい。こんなにうまいものがこの世にあるのかと思えるくらいだ」

夜なので、そんなに食べぬほうがいいだろう、と勘兵衛はおかわりを一杯だけして食
事を終えた。

「お多喜、今何刻かな」

「そうですね。五つすぎくらいではないでしょうか」

「まだそんなものか」

お多喜がにんまり笑う。

「子供の頃は、六つ半（午後七時）には床についていらしたのに」

「そんなにはやくはなかろう」

「夕食を召しあがったあとは、もう眠くて眠くてたまらなくて、その大きなおつむをぐらんぐらんさせていらっしゃいましたよ」

いわれてみれば、と勘兵衛は思った。今もさほど夜が強いとはいえないのは、子供の頃の習慣を引きずっているからかもしれない。

「お酒を召しあがりますか。ちょうどよくついています」

「もらおう」

お多喜が徳利を一本持ってきた。杯は二つ。

「お多喜も飲むのか」

「なにかいやなことがあったのでございましょ。おつき合いさせていただきます」

「さすがだな」

「勘兵衛さまがこんなに小さい頃から一緒です。わからないわけがないではないですか」

勘兵衛は眼差しのことを話した。

「そうですか。狙われている感じはあるのですか」

「いや、今のところは」

「まあ、勘兵衛さまなら大丈夫です。きっと、いつものようにしぶとく切り抜けられましょう」

「そういうものかな」

そんなことをいい合っているうち、勘兵衛は気持ちが軽くなったのを感じた。

酒を飲んだ勘兵衛はいい気分でお多喜とわかれた。

寝室に入り、とうに寝ている娘の史奈の顔を見る。美音が添い寝をしていた。

母子の幸せそうな顔を見る——それだけで、勘兵衛は癒《いや》されるのを覚えた。

二

風はないが、大気がきんと凍っているようで、冷気が体を縛りつけるようだった。

勘兵衛は城へ白い息を吐き吐きやってきた。

徒目付詰所には、ほとんど火鉢が置かれていない。麟蔵は寒がりだが、徒目付があたたかな部屋でぬくぬくと仕事をしているのは、傍目《はため》にはそぐわなく映るのだろう。

「小町か」

そうつぶやいた修馬が、横から顔を突きだした。

「勘兵衛、横恋慕した者が奪ったということも考えられるよな」

「それが助四郎どのか」

修馬は彩菜のことを知っていた。だが彩菜は修馬のことを知らないだろう。

それと同じで、助四郎のほうだけが知っており、恋い焦がれていたということは十分に考えられる。

これまで助四郎の友人に会って、助四郎の女の関係をきいているが、ほとんどそんな話は出てこなかった。

「勘兵衛、今日はどうする」

「これまで通り、彩菜どの、助四郎どのの身辺を探ってゆくしかないだろう」

勘兵衛と修馬は麟蔵に今日の動きを伝えてから、城を出た。

「しかし勘兵衛、詰所は寒いな」

徐々に遠ざかってゆく大手門《おおてもん》を振り返って、修馬がいった。

「まったくだな。出られてほっとした」

「あの部屋にどうして火鉢が一つなんだ。徒目付は厳しくなければならぬ、というのはわかるが、ちょっとひどすぎるぞ。体の震えがとまらなかった」

「だったらお頭に申しあげろ」

「できるわけがなかろう」

午前は、彩菜が消えた均泰寺近くの町を徹底して探索してみた。

しかし、一人として彩菜らしい者が歩いているところを見た者は見つからず、彩菜がかどわかされた瞬間を見ている者にも、行き合えなかった。

「勘兵衛、なにも出ぬな。彩菜どのは、いったいどこに行ってしまったんだろう」

今も生きてこの寒さを味わっているのだろうか。それとも、とうに冷たい土にでも埋められてしまっているのか。

「修馬、番所に行くか」

「番所って南町奉行所か。七十郎どのに会うのか」

「話をききたくはないか」

「ああ、もちろんききたい。だが番所にいるのか」

「そうだな。きっと本郷のほうだな」

昌平橋《しょうへいばし》を渡り、神田明神《かんだみょうじん》そばの蕎麦《そば》屋で昼食にした。あまりうまい蕎麦切りとはいいがたく、店を出た修馬は不満そうにしていた。

「いくら腹を満たすためとはいえ、あんなのに金を払うとなると、腹が立つな」

いまいましげに蕎麦屋を振り返る。

「いつか潰してやる」

「穏やかじゃないな。だが修馬、あの蕎麦切りでは客はつくまい。行く末は見えている。

修馬はうまい店をたくさん知っているのに、このあたりは知らぬのか」

「神田近辺は得意じゃないんだ」

西へ道を取り、しばらく本郷界隈をうろついた。

四半刻ほどで、一際高い長身を勘兵衛は行きかう人のなかに見つけた。

「いたぞ」

勘兵衛と修馬は七十郎に近づいた。七十郎と清吉もすぐに気づいた。

「これは久岡さん、山内さん」

ていねいに辞儀する。清吉も七十郎のうしろで腰を深く折った。

「七十郎、昼飯は」

「すませました。久岡さんたちは」

「俺たちもすませた」

「まずい蕎麦切りだった」

「どこで食べたんです」

渋い顔で修馬が答える。

「神田明神下ですか。あのあたりなら、そんなにはずれはないはずなんですがね。よほど運が悪かったんでしょう」

七十郎、と勘兵衛は呼んだ。

「だいぶ調べは進んだか」

「ええ」

顎を引いて七十郎があたりを見まわす。

「どこか茶店でも入りますか」

勘兵衛たちは四人で湯島六丁目のほうまで行き、道沿いの一軒の茶店に入った。

赤い毛氈《もうせん》が敷かれた縁台ではなく、奥にあるせまい座敷に陣取った。

座敷に人は一人もおらず、勘兵衛たちのみだった。四人は茶を頼み、修馬は一人だけ饅頭《まんじゅう》も頼んだ。

「甘い物、好きだったか」

「口直しだ」

勘兵衛は身じろぎし、七十郎に向き直った。

「八郎左衛門はどうだ。やはり怪しいか」

「と思います」

七十郎が、八郎左衛門が嘘をついているとしか思えませぬ、とこれまで調べあげたことを併せて告げた。

「やはりそうか」

「勘兵衛」

修馬がにらみつけてきた。

「力蔵の仇討として、八郎左衛門が人を頼んで三人を殺させた、というのはまだわかる。だが、どうしてもお美枝まで殺した、というのは納得がいかぬ」

それは勘兵衛も同様だった。もし八郎左衛門が太郎造も殺させていたとして、その詫《わ》びのつもりでお美枝を引き取り、育てたはずなのだ。

もし仮に、お美枝に父親を殺したのがばれたとして、八郎左衛門の人柄からして、口封じにお美枝を殺すとは思えないのだ。

勘兵衛はそのことを修馬にいった。

「そうだろう」

我が意を得たり、とばかりに修馬が深くうなずいた。

「だが勘兵衛、ここはどうしても八郎左衛門に会わずばなるまい」

勘兵衛も同感だ。ここまで疑いが濃くなれば、躊躇《ちゅうちょ》はいらない。八郎左衛門からじかに話をきかなければならない。

彩菜や助四郎の失踪の調べはむろん進めなければならないが、町奉行所の仕事を手伝うことも、勘兵衛たちの重要な役目の一つだ。

四人とも茶を飲みほしたが、修馬は饅頭を食べきれず、紙に包んでもらっていた。

勘兵衛たちは四人で本八屋へ行った。

暖簾を払うと、格子が張りめぐらされた向こう側に、八郎左衛門の顔が見えた。のぞき窓みたいになっている小さな穴に、八郎左衛門が顔を寄せる。

「いらっしゃいませ」

四人の名を呼んだが、さすがに声には戸惑いの色があらわれていた。特に修馬の厳しい表情に、顔を曇らせている。

「あがられますか」

八郎左衛門が腰を浮かせる。

「いや、ここでいい。おぬしが逃げるとは思えぬ」

「逃げるですと」

「八郎左衛門、おまえ、太郎造や為之助、法仙を殺させたのか」

ためらいなく修馬が声を投げつける。

八郎左衛門の顔色が、氷でも当てられたように青いものに変わった。それは薄暗い土間のなかでも、はっきりと知れた。

「やはりそうか」

修馬が格子の穴に顔を近づけた。

「お美枝も殺したのか」

「とんでもない」

腰を浮かせた八郎左衛門は、首をぶるぶる振って否定した。

「手前はやっておりません」

注意深く見ていたが、八郎左衛門が真実をいっているのは勘兵衛にはわかった。

修馬は一人、八郎左衛門を瞬きもせずに凝視している。

やがてほっと息をつき、体から力を抜いた。

「信じよう」

修馬がいうと、八郎左衛門は呪縛《じゅばく》が解けたように、どすんと音を立てて尻を落とした。

「八郎左衛門、力蔵の仇として三人を殺すよう依頼したのはまちがいないな」

八郎左衛門は答えない。

「どうなんだ」

「……は、はい」

「誰に依頼した」

「申しあげられません」

「番所に連れていくが、そこでは責めが待っているぞ。ここでいっちまったほうが身のためだぞ」

八郎左衛門は口をひらかない。

「どうしてもいわぬのか」

「申しわけございません」

「本当に番所に連れてゆくことになるが、いいのか」

「はい」

八郎左衛門は素直に応じた。

修馬は唇を嚙んで、七十郎を見た。

「七十郎どの、連れていってもらえるか」

「もちろんです」

七十郎が八郎左衛門に出てくるようにいった。八郎左衛門はのろのろと土間に出てきた。

「清吉、縄を」

承知いたしました、と清吉が八郎左衛門に縛《いまし》めをした。

「では、連れていきます」

「番所まで送っていこうか」

勘兵衛は申し出た。なんとなくだが、いやな予感がした。

「お心づかいは感謝しますが、けっこうですよ」

首を横に振り、七十郎が遠慮してみせる。

「そうか……」

「なんだ、勘兵衛。気になることでもあるのか」

「いや、ちょっとな」

「なんだ、はっきりいえ」

「……なんでもない」

漠とした不安など、口にだしても仕方のないことだ。

きっと気のせいだろう、と勘兵衛は自らにいいきかせ、修馬に続いて店の前に出た。

足元を風が激しく舞うなか、遠ざかってゆく七十郎と清吉、八郎左衛門を見送った。

道行く人たちが足をとめ、なにごとかという顔で七十郎たちを見ている。

本八屋の二人の奉公人も道に出てきた。不安が一杯の眼差しで、引っ立てられてゆくあるじが見えなくなるまで、身動き一つすることなくじっと見つめていた。

三

七十郎はうしろを振り返った。

もう本八屋は見えない。見送ってくれていた勘兵衛たちの姿も視野の外だ。

それにしても、と七十郎は思った。勘兵衛はなにを気にしていたのだろう。

なにか起きると思ったのか。

七十郎は八郎左衛門がなにかいったのをきいた。稲葉さま、と呼びかけてきた。

「なんだ」

「お話しします。どうして手前が三人を始末するよう、頼むことになったのか」

さすがに七十郎は驚いた。

「ちょっと待て。どうして修馬どのにじかに話さなかった」

八郎左衛門が小腰をかがめる。

「稲葉さまからお話ししてください。お願いいたします。手前は誓ってお美枝を手にかけてはいませんが、お美枝の父親を殺したのはまちがいありません。山内さまに申しわけなくて……」

「おぬしがお美枝どのを殺していないことは、俺も信じる」

「ありがとうございます。では、願いをおきき届けいただけますか」

「わかった。俺から山内さんに申しあげよう」

「ありがとうございます」

礼をいった八郎左衛門はしばらく無言でいたが、やがて口をひらいた。

「どうやって手前が、あるじの死が太郎造、為之助、法仙の三人の仕業であるのを知ったのか。手前が気になりましたのは、太郎造の暮らしぶりでした。急に派手になったのですよ。いつも金に困っていたのが、上等の酒を食らい、賭場に行っては大勝負を繰り返す、という噂が耳に入ってまいりました」

唇が乾くのか、そっと舌で湿した。

「いったいどこからそんな金を手に入れたのか。さすがに手前は不審に思いました。手前がそんなことを考えているうち、今度は為之助が店をたたんで引っ越していきました。手前にはなんの連絡もありませんでした。あるじがつくりあげ、手前を育ててくれた店が消えてしまったことに、手前は呆然としました」

「為之助の居場所は捜したんだろう」

「もちろんです。すぐに見つかりました。小石川上富坂町でした」

「乗りこんでいったのか」

「はい。為之助は布団に寝ていました。病にかかっているといいました。土気色というんでしょうか、確かに顔色は悪く、やせていました。この病のせいで店をたたむしかなかったんです、と為之助はいいました」

「信じたのか」

ええ、と八郎左衛門がいった。

「死病にかかっているのでは、とすら思えましたから。あのやせようでは長いことがないのでは、とも思いました。ただ、手前も、どうしてなんの相談もなかったんだ、と責めました」

「為之助はなんと」

「病で気落ちし、八郎左衛門さんのことまで頭がまわりませんでした、と」

「納得したのか」

力なく八郎左衛門がうなずいた。

「せざるを得ませんでした。困ったことがあれば、これからは必ず相談するようにいいました。手前は為之助に、法仙さんにはかかっているのか、とききました。答えは、いいえ、でした」

「どうしてやつはかからなかったのかな」

いいながら七十郎のなかで答えは出た。

「自分も毒を飼われるのでは、と怖れたからか」

「そういうことでしょう。そのときの手前はそんなことは知りませんから、喧嘩して仲たがいをした、という言葉をまともに受けて、いい医者を紹介してあげよう、とまでいいました」

「紹介したのか」

「ええ。手前が本郷一丁目に店を構えたあと、知り合った町医者です。腕がいい上に、金のことはほとんどいわないお医者でしてね。手前の店を訪れたのも、薬種屋に払う代を借りに見えたんですよ」

その医者のことを思いだしてか、八郎左衛門の顔はややなごんだ。

「お医者のおかげで、あっという間に為之助は持ち直しました。為之助は、本力屋を再開するとまでいいました。結局、その約束は果たされませんでしたが。ですので、医者を紹介したことを手前は今、ひどく悔いておりますよ。放っておけば、あの男はきっと死んでいたでしょうから」

八郎左衛門は話を続けた。

「為之助が本復して半月ほどたったときでしょうか、手前は同業の会合で、とある料理屋にまいりました。そこで、太郎造と力蔵のかかりつけの医師だった法仙が一緒に飲んでいるのを目にしました」

「ほう」

「座敷に座る二人はいかにも楽しそうでした。手前は声をかけようとしたのですが、声は喉の奥でとまりました。二人の笑みに、酷薄そうな色が深く刻まれていることに気づいたからです」

八郎左衛門はその光景を脳裏に描きだしている。悔しそうに唇を噛み締めていた。

「この瞬間、手前はなにが行われたのか、理解しました。いえ、手前はとうにわかっていたのでしょう。そして、ついに決定的な場面を目にして、理解せざるを得なかったというのが正しいのでしょう」

もともと八郎左衛門は、力蔵のあまりの突然の死に不審を抱いていた。死をきいたときは呆然としたが、すぐに妙なのでは、という気持ちがわきあがってきたのだ。

確かに肝の臓の具合が悪いとはきいていたが、それまでの力蔵はたまに風邪を引くくらいで、とても頑健だったのだ。

「太郎造と法仙、この二人を引き合わせたのはおぬしだな」

「さようです。法仙とは為之助の友ということで、何度か一緒に飲みました。そのあと、お美枝が風邪をこじらせたときに手前が法仙を太郎造に紹介しました」

「二人はおぬしが知らないあいだに仲がよくなっていたのだな」

「ええ、悪同士、馬が合ったということでしょう」

「三人が力蔵を亡き者にし、家産を山わけにしたという証拠はつかんだのか」

「つかんでおりません。しかし三人があるじを殺し、財産を我がものにしたのは紛《まが》うことのない事実です。これは天地がひっくり返ろうと変えようのない事実です」

なるほど、と七十郎は相づちを打った。

「それでこの前、法仙の居どころがようやく知れ、殺させたのだな。あとの二人はどうやって殺した」

「存じません」

一言いったきりで、八郎左衛門はもうなにもいわなかった。

意志の強さが見えた。口をこじあけたところで、なにもいわないのははっきりしていた。

四

三人は無言で奉行所への道を歩いた。

七十郎とすれちがってゆく町人たちは、ご苦労さまです、という者もいたし、黙って頭を下げる者もいた。

なにもせずに通りすぎていく者は老若男女を問わず皆無といってよかったが、その後、手に縛めをされた八郎左衛門に気づき、誰もがはっとするのは共通していた。

奉行所まであと三町ほどに迫った。

風はさらに強まり、冷たさという刃《やいば》をもって七十郎たちに斬りつけてきた。本当に身を切られるような寒さだ。

空は晴れているが、青さにかすかな陰りがあり、雪雲めいたものが上空に張りだしているように思えた。夜には雪になるかもしれない。

雪か、たまらんな、と七十郎は心のうちでつぶやき、なにげなく八郎左衛門を振り返った。

八郎左衛門は寒さなど感じていない顔で、歩いている。下を向き、なにか考えこんでいる様子だった。

「八郎左衛門、なにを考えている」

「いえ、いったい誰がお美枝を殺したのかな、と思いましてね」

「心当たりはないのか」

「ありません」

きっぱりと答え、すぐに続けた。

「あるのなら、手前がお美枝の無念を晴らしております」

「自分で討つのか、誰かに頼むのではなく」

八郎左衛門が顔をしかめた。

「いや、やはり頼むんでしょうね」

「それはなにかの組なのか」

またも八郎左衛門は黙りこんだ。

「どこで知ったんだ」

それにも答えない。

仕方あるまい。道中、吐かせるのは無理だ。奉行所内の穿鑿所《せんさくじょ》で、吐くまできき続けるしかなさそうだ。

俺が無理でも、と七十郎は思った。奉行所には練達の同心がいくらでもいる。

その者たちにかかれば、八郎左衛門がさざえのようにかたい口を持っていたとしても、いずれ吐かざるを得ないだろう。

奉行所までもうあと一町もなかった。七十郎たちは西紺屋町《にしこうやちょう》を堀沿いに歩いていた。堀が右側に曲がりはじめるところに、数寄屋橋《すきやばし》門が見えている。

さらに足をはやめた。八郎左衛門と清吉も自然、早足になった。

七十郎たちを門に近づけさせまいとするかのように、一陣の突風が吹き渡る。

裾がばたつき、袖のなかに風が入りこんで、七十郎は体が上に持ちあげられかけた。

下を向き、腰を折って風をやりすごそうとした。

うわっ。背後から清吉の声があがった。切迫したものを感じ、七十郎は振り返った。

背をそらせた清吉が、道に倒れこもうとしているところだった。

「どうした」

叫んだが、そのときにはなにが起きているのか七十郎は解していた。

七十郎に向かって、ほっかむりをした者が突っこんでこようとしていた。

七十郎は驚いたが、すぐに懐から十手《じって》を引き抜いた。

「八郎左衛門、助けに来たぞ」

突っこんできた男がいい、体を投げるように一気に距離を縮めてきた。

八郎左衛門の仲間か、と七十郎は一瞬、思った。

きらりと冬の白っぽい陽射しを弾いたのは匕首だ。

殺《や》る気なのか、と七十郎は慄然《りつぜん》とした。男が振りおろした匕首を、十手で必死にはねあげた。

きん、という音があがり、匕首を握る手が力なくはねる。

がら空きの腹に十手を打ちこもうとして、七十郎は背中に気配を嗅いだ。

ばっと音をさせて振り返る。白くて細い物が七十郎の腹をめがけて振られていた。

それが白刃であるのを知り、七十郎は十手で叩き落とそうとした。

十手が刀に触れたが、刀の勢いはほとんど衰えず、七十郎の腹に入っていった。

ずん、と重い音がした。

終わったな。七十郎は死を覚悟したが、やってきたのは痛みではなく、息がつまった感じだった。

七十郎は顔を無理にあげた。目の前で刀を手にしている者は、浪人者のように見えたが定かではなかった。この男もほっかむりをしている。

七十郎はどんと両膝を地面についた。ああ、とうめく。いつからか、顔にべったりと土がついていた。

息が苦しい。ひたすら苦しかった。このまま息ができずに死んでゆくのでは、という恐怖に襲われた。

その前に俺は斬られたのだ、と七十郎は腹に手をやり、こわごわ手のひらを見た。

血はついていない。安堵《あんど》が滝のような汗となって流れてゆく。

峰打ちにされたのはまちがいないが、どうして斬らなかったのか。

賊どもに、そこまでやるつもりはなかったということか。

七十郎は立ちあがろうともがいたが、体にまったく力が入らない。

八郎左衛門はどうした。首をねじ曲げた。

倒れている清吉の姿が目に飛びこんできただけで、八郎左衛門は見えない。

どこへ行った。

七十郎は十手を地面に突き刺し、腕に力をこめて上体を持ちあげた。

息苦しさはいつしか消え、ようやくふつうに呼吸ができるようになっている。

だるさが感じられる足に力を入れ、七十郎は立ちあがった。

周囲を見まわす。どこにもそれらしい者の姿はない。

七十郎は、すぐそばで驚きのあまりかたまってしまっている行商人に近づいた。腹が痛みだしているのに気づき、顔をしかめた。

それを見て、行商人がおびえた。

「縛めがされた男がどこへ行ったか見たか」

「あちらのほうへ」

行商人は、七十郎たちが今やってきたばかりの方角をおそるおそる指さした。

そちらは、人が群れるようにして歩いている。今の襲撃に気がついた者は、どうしたんだろう、といいたげな瞳を向けてきていた。

全力で走ったところで、やつらに追いつけるはずもない。七十郎は、ただそちらをにらみつけるしかなかった。

「何人いた」

「五、六人だったと」

その者たちが八郎左衛門の仲間というのは考えられない。

八郎左衛門、助けに来たぞ、という声はきいたが、あれはただの芝居だろう。八郎左衛門はさらわれたのだ。

「顔を見たか」

「いえ、どの人もほっかむりをしていましたから」

七十郎はうなずき、仰向けになって身動き一つしない清吉に近づいた。

殺されてはいないだろうと思ったものの、実際、腹が静かに上下しているのを見て、心からの安堵を覚えた。


いつしか目をひらいていた。しばらく気を失っていたようだ。

薄ぼんやりと見えるのは天井だ。

八郎左衛門は首をわずかに持ちあげ、目を細めた。見慣れない天井だ。

ここはどこだ。

首を曲げ、あたりを見まわす。

長屋のつくりではないようだ。なんとなく一軒家のように思えたが、判然としない。

頭が痛い。それで思いだした。番所を目の前に男たちが襲ってきたのだ。清吉が倒れ、すぐさま八郎左衛門の縄はほかの男が手にした。ぐいっと引っぱられ、八郎左衛門は走りださざるを得なかった。

途中、目立つ縄は切られ、手は自由になったが、この家に連れこまれると同時にうしろ頭を殴られ、気絶させられたのだ。

「おい」

部屋の隅から声をかけられた。

八郎左衛門は身じろぎし、上体を起きあがらせようとしたが、体が自由にならないことに気づいた。がっちりと縛めをされていた。

首をねじり、そちらを見た。

人が座っている影がぼんやりと黒く見えている。顔はまったく見えなかった。

「助けてやったぞ」

ずいぶんと低い声だ。

ふだんは別の声なのでは、という気が八郎左衛門はした。意図してちがう声をつくっているのではないか。

ということは、この男は知り合いなのか。きき覚えのある声だったか、思いだそうとしたが、八郎左衛門の心の綱に引っかかるものはなかった。

「誰だ」

もっと声をききたくて、八郎左衛門は問うた。

だが、男は八郎左衛門の思いを解したのか、なにもいわずに立ちあがった。障子をあけ、部屋を出てゆく。

外の光で横顔くらい見えるかと期待したが、とうに日は暮れたようで、明るさなど微塵《みじん》も見当たらなかった。

ただ、男の全身はうっすらと見えた。背はさほど高くないが、がっちりとした体つきをしていた。

背丈や肉づきに見覚えがあるか、考えたが、やはり引っかかってくるものはなかった。

部屋の外は濡縁になっているようで、ぎしぎしという音が遠ざかってゆく。

代わって別の男が入ってきた。乱暴に腰をおろす。畳がかすかに揺れた。

「久しぶりだな」

この声で誰なのか、こちらのほうはすぐにわかった。

この前、法仙が見つかったといってきた男だ。料亭田浪で金を渡している。

「助けてやったよ」

さっきの男と同じ言葉を発した。

「どうして助けた」

「お頭の命だ」

「お頭だと」

「さっきのお方だよ」

あれが頭なのか、と八郎左衛門は思った。

「どうして頭はわしを助けた」

「頭があんたの顔を見たいとおっしゃったのさ。それに、あんたを番所に連れていかれたくなかった」

男が笑ったようだ。濃くなってきた闇のなか、表情など見えるはずがなかったが、にやりと口をゆがめるようにして笑ったのが陽射しの下で見たようにはっきりとわかった。

「だが、どうせここで死んでもらうから、助けたというのとはちがうかな」

もし口封じに来るとしたら、牢屋《ろうや》のなかで、と思っていた。

まさかここまではやいとは、八郎左衛門は夢にも思わなかった。

「わしは口を割らんぞ」

「俺としてはそう願いたいが、あんたが果たして番所の責めに耐えられるか。俺たちのことをぺらぺらしゃべられるわけにはいかん」

男が立ちあがる。匕首が闇にきらめいた。

「こちらのしくじりであんたのところに町方が行ったのに、あんたに責を負わせるのはどうかと思うが――」

その言葉で、いつからか見張りがついていたのを八郎左衛門は理解した。

男が近づいてきた。

八郎左衛門は身動きし、逃れようとした。だが、縛めのためにかなわなかった。

すっと男の右腕が突きだされる。ざく、と音がして、左胸に痛みが走った。

激痛だったが、それも一瞬にすぎなかった。八郎左衛門の魂は一気に闇に突き落とされた。

黒一色の水底に意識がたどりつく寸前、頭というのが誰なのか、八郎左衛門はわかったような気がした。

そういうことなのか。それでまちがいないのか。

確信を手中にする前に、八郎左衛門の魂は水底の最も深い場所に連れ去られた。

五

修馬がいい、勘兵衛はうなずいた。二人は南町奉行所近くの西紺屋町にいた。

「ここで七十郎と清吉は何者かに襲われたんだ」

「よりによってこんなに番所に近いところで襲うなんてな」

修馬があたりを見まわす。

「油断はなかったんだろうが、ここまで来て七十郎も少し気がゆるんだかな」

「何者の仕業だ」

「修馬、わかっているんだろう」

「八郎左衛門が殺しを依頼した連中だな」

修馬がじろりとにらみつけてきた。

「勘兵衛、きさま、七十郎どのが八郎左衛門を引っ立てるとき、不安そうな顔をしていたな。あのとき、これが予期できていたのではないか」

「予期できていたら、七十郎と一緒に行ったさ」

勘兵衛と修馬が小川町で彩菜の親戚に話をきくなど身辺をさらに探っていたところ、

「ここだよな」

麟蔵の使いがあわてたようにやってきて、七十郎襲撃の報を知らせたのだ。

すでに日暮れは近く、七十郎たちが襲われた場所では、下手人につながりそうな手がかりを得ることはできなかった。

七十郎に話をきくために、八丁堀《はっちょうぼり》の屋敷へ向かう。

七十郎は奉行所の近くで襲われたこと、八郎左衛門を奪われたことを襲撃された直後、奉行所に戻って上役に報告した。

その後、いきなり嘔吐《おうと》して畳の上に倒れこんだというのだ。今は組屋敷で静養しているとのことだった。

稲葉屋敷の木戸門はひらいており、玄関が見通せた。

訪いを入れる。七十郎の母親らしい人が出てきて、勘兵衛たちは中に通された。

町廻り同心の屋敷というものにはじめて足を踏み入れたが、広いといえる屋敷ではなかった。

台所を入れて、全部で五部屋ほどしかないのではないだろうか。敷地の片隅には長屋らしき建物がある。町人が住んでいるのだろう。

七十郎は、屋敷の一番西に位置する床の間のある八畳間に寝ていた。

勘兵衛と修馬が部屋に入ると、七十郎はあわてて布団から起きあがろうとした。うっ、とうなって顔をしかめる。

「無理するな」

勘兵衛は押しとどめた。

「腹に刀を食らったそうではないか」

肩を抱くようにして、七十郎を布団に寝かせた。

「申しわけありません」

七十郎はうっすらと涙をにじませている。

「またしくじりを犯してしまいました」

二人に謝る。涙が頬を濡らしていく。

「気にするな」

勘兵衛は本気で口にした。

「五、六人の連中に襲われたんだろう。無理もない。今は、命があったことを喜んだほうがいい。養生してくれ」

七十郎の顔をのぞきこむ。

「医者には診せたのだろうな」

「はい。腹は十日もあれば治るだろう、とのことです。それがしは十日もじっとしている気はありませぬが」

「気持ちはわかるが、しばらくはおとなしくしていたほうがいいな」

本当に今すぐにでも動きだしそうな感じがして、勘兵衛は釘《くぎ》を刺した。

「清吉は」

「背中を峰打ちでやられました。それがしと同じくらいでよくなるそうです」

「そうか、よかった」

「七十郎どの、話をきかせてくれるか」

七十郎が修馬に眼差しを転じた。

「正直、はっきりと覚えていませぬ。あまりにも急なできごとだったので」

「覚えている限りでいい」

わかりました、と七十郎はいった。

「猛烈な風が吹き抜けていった直後、うしろからの不意打ちでした」

どういうふうに襲われたか、七十郎はつまびらかに語った。

「ほっかむりのせいで、顔はまったくわかりませぬ。申しわけありませぬ」

「謝ることなどない」

勘兵衛は微笑を浮かべていった。

「八郎左衛門はさらわれたのだな」

「ええ、こういうことを連中は話していました」

七十郎は、一人の男が放った声のことを話した。

「ふむ、なるほどな。八郎左衛門、助けに来たぞ、か。芝居だな」

「それがしもそう思います」

七十郎はそのあと、八郎左衛門からきいたことをすべて語った。

「そういういきさつで、八郎左衛門は力蔵が殺されたのを知ったのか……」

修馬が嘆息する。

勘兵衛たちは、ここまでにすることにした。

「いいか、七十郎、決して無理するなよ」

もう一度勘兵衛はいって、稲葉屋敷をあとにした。

「勘兵衛、今回の襲撃は口封じか」

八丁堀の組屋敷の外に出てしばらくして、修馬がきいてきた。

「そういうことだな。八郎左衛門の口から自分たちのことが漏れるのを怖れたんだろう」

「五、六人ということは、組といっていい連中だよな」

「そうだ」

「しかし勘兵衛、口封じなら、なにゆえその場で八郎左衛門を殺さなかったのかな」

なにか理由があるのかもしれなかったが、今ここでわかることではなかった。

城に戻り、勘兵衛と修馬は麟蔵に八郎左衛門の探索を申し出た。

「ならぬ」

却下された。

「わしがおまえらに命じたのは、助四郎どの、彩菜どのの失踪の一件だ。町奉行所にまかせろ。奉行所に人がおらぬわけではない」

それに、と続けた。

「仲間をやられて、燃えぬわけがない」

そこまでいって一度口を閉じた麟蔵がじろりとにらみつけてきた。

その迫力に勘兵衛は肝が縮みあがるような心持ちになった。横で修馬もびくりと背筋をのばしている。

「なにか」

沈黙に耐えきれず、勘兵衛はたずねた。

「勘兵衛、おまえ、なにゆえ稲葉の警護につかなかった」

「は、申しわけございません」

「なにゆえ、ときいている」

勘兵衛は顔をあげた。

「勘兵衛はつこうかと申し出たのですが――」

「勘兵衛にきいている。稲葉が断ったからつかなかったのか」

「はい」

「予感はなかったのか」

勘兵衛は下を向きかけた。だが我慢し、麟蔵を見つめ返した。

「ありました。いやな風が胸のなかを吹いてゆきました」

「そのときの状況を考えたら、そのいやな風というのがどういうことになるか考えなかったのか」

「考えませんでした」

「浅いな、勘兵衛」

「申しわけありませぬ」

麟蔵が胸の前で腕を組んだ。

「わしがおまえを引き抜いたのは、剣の手練だからというだけではないぞ。おまえの勘のよさを買っているんだ」

腕組みを解き、人さし指を突きつける。

「勘兵衛、勘を存分に働かせろ。二度と無駄にするな」

六

顔を赤くして修馬が憤る。

「どういうことだ。いくらお頭といえども、承伏しかねるぞ。どうして八郎左衛門の探索にかかってはならぬのだ」

すぐさま勘兵衛はなだめた。

「お頭にもなにか考えがあるのだろう。俺たちには見えておらぬものが見えているのかもしれぬ」

「なんだ、それは」

「わからぬ」

「お頭にそういうものが見えているとして、どうして教えてくれぬ」

「なんでも教えてしまえば、俺たちが自分で考えることをしなくなってしまうのを怖れているのではないのかな。ただ、命や指示を待つだけになるのを避けたいのだろう」

「そういうものかな」

修馬は納得した表情ではない。

「勘兵衛、飲みに行きたいな」

同感だった。飲めば、明日への活力が全身に注ぎ入れられる気がする。

「いや、やめておこう」

勘兵衛が今も寝ているはずの七十郎のことを脳裏に浮かべていうと、修馬はすぐに深くうなずいた。

「そうだな。今日はおとなしく帰り、明日への英気を養ったほうがよさそうだ」

翌日、早朝から勘兵衛と修馬は動きまわった。半日以上をかけて助四郎や彩菜のことを調べまわった。

だが、結局なにも得られなかった。

「勘兵衛、手づまりだな」

中天をとうにすぎ、だいぶ傾きはじめた太陽にちらりと目を当てて、修馬がいった。

「ああ」

勘兵衛もそう答えるしかなかった。

いったいどこをつつくべきなのか、わからなくなっている。

風はなく穏やかな日和で、動きまわるには都合がいい日だったが、ここまでなにも得られないと、その穏やかさが逆に腹立たしくなってくる。

昨日のように風が吹き荒れ、冷たく寒い日のほうが今の気分にふさわしい気がする。

「勘兵衛、どうする」

修馬にいわれ、勘兵衛は考えこんだ。

「お頭は八郎左衛門のことは町奉行所にまかせろ、といったんだよな。――修馬、本八屋のほうを調べてみるか」

「だが勘兵衛、本八屋のことを調べれば結局、八郎左衛門のことを調べるも同然だぞ」

「そうだが、このままではなにもできぬ。お頭が命だけを待っている者に俺たちをしたくないなら、その期待に応《こた》えようじゃないか」

修馬がにっこりと笑う。

「それはいいな。お頭の命を破る、というのは気持ちがいい。よしやろう。そんなことを考えるなど、さすがは勘兵衛だ。俺が見こんだ男だけのことはある」

二人は本八屋のある本郷一丁目へ向かった。

穏やかな陽射しの下、のびやかな感じで歩いている人たちのあいだを縫うように勘兵衛たちは急ぎ足で歩いた。

「それにしても勘兵衛。昨日もきいたが、八郎左衛門はどうやって、そういう組の存在を知ったのかな」

「昨日、そのことは寝床で考えたんだ。だが、わからなかった」

「そのことをききに本八屋に行こうというんだな」

「奉公人に話をきくだけでもなにか得られるだろう」

勘兵衛の考えとしては、八郎左衛門に依頼ができた以上、こちらから手繰ってゆくことができぬはずがない、というものだ。

「だが店にいるかな」

「いなきゃ、捜すまでだ」

本郷一丁目に入る。本八屋が見えてきた。

「暖簾がかかっているな」

修馬のいう通りで、暖簾がゆったりと吹く風に波打つように揺れていた。

「やっているのかな」

八郎左衛門が何者か知れない者たちにさらわれたことは、すでに奉公人にも伝わっているはずだ。

暖簾を払うことなく、暗い土間を勘兵衛たちはのぞきこんだ。

「やってるな」

修馬の声には驚きが混じっている。

「しかも繁盛しているぞ」

土間には七、八人と思える客が入り、順番待ちをしていた。侍がほとんどで、一人だけ商家の手代《てだい》と思える者がいた。

「話をききにくいな」

顔をしかめて修馬がぼやく。

「修馬、待つしかあるまい」

「どの客も必死みたいだものな。割りこむのはあまりに気の毒だ」

修馬のいう通りで、客たちの背中にはここで金を借りられないと生死に関わる、という思いが如実にあらわれている。

「しかしどういうことかな。ふつうあるじが犯罪に関わったとなれば、町奉行所のほうで店を閉めさせるはずだが」

修馬が格子の向こうで忙しく働く二人の奉公人を見つめて、いった。

本八屋に奉公人はあの二人しかいない。番頭と手代だ。

二人は常と変わらない様子で働いている。まるでなにもなかったかのようだ。

「犯罪に関わったといっても、罪がまだはっきりと決まったわけではない。番所のほうでも、閉めろとはいいにくいのだろう」

「しかも、自分たちのしくじりで八郎左衛門をさらわれたのだからな。――いや、これは失言だったな。七十郎どのを責めたわけではないぞ」

「わかっているよ」

勘兵衛はまわりを見渡した。

「近所のききこみからはじめるか」

勘兵衛と修馬は、本八屋の隣家から話をききはじめた。

八郎左衛門がたまに飲みに行っていた煮売り酒屋もわかった。

そこにも行ってみた。江戸のどこにでもある煮売り酒屋で、むろんあるじは八郎左衛門のことは常連として大事にしていたが、親しい友のことはまったく知らなかった。

ほかにも八郎左衛門がよく利用していた米屋や総菜屋なども訪ねてみたが、やはりなにも得るものはなかった。

もう日が暮れはじめていた。

江戸の町には徐々に夕闇がおりつつあり、夜の忍びやかな腕が静かにのびて、町の明るいところをなではじめていた。

触れられた場所は明るさを失い、そこからまた夜は新たな腕をのばしている。

勘兵衛たちはまた本八屋をのぞいてみた。

柱にかけられた燭台《しよくだい》に灯されたろうそくがじんわりとにじむような光を土間に送っている。客はあらかた去っており、残るは一人だけだ。これも侍だった。

「もういいみたいだな」

勘兵衛と修馬はうなずき合い、なかに入った。ちょうど最後の侍が、番頭から金を受け取ったところだった。

侍は身をひるがえし、出てゆこうとする。勘兵衛たちに気づいて会釈したが、その顔には隠しようもない喜色があらわれていた。

「ああ、これは久岡さま、山内さま」

格子の向こうから番頭がていねいに辞儀する。

「繁盛しているな、いいことだ」

修馬が笑みを見せていった。

「しかし旦那さまがいらっしゃいませんと、どうにもうつろな気がして……」

「だが、それでも客に不便はかけておらぬではないか」

「はい、それはもう」

番頭が控えめに胸を張った。

「旦那さまは手前どもをしつけておられましたから。まるでこういうことがあるのを予期されていたかのようでございますよ」

「そうだったのか」

「なんといっても、金貸しが商売です。そのお金がないと困る人が出るのはどうしても避けたい、お客さまに迷惑はかけたくない、その一心だったようです。——山内さま」

腰を低くして番頭が呼びかけてきた。

「旦那さまは本当に人殺しを依頼していたのでございますか」

すがるような顔だ。

「八郎左衛門はその点については白状した。力蔵の仇討だ」

「さようにございますか」

番頭ががくりと肩を落とす。

「八郎左衛門と親しい者を知らぬか」

「いえ、手前は一人も」

「手代はどうだ」

「手前と同じと思いますが、いま呼んでまいります」

番頭が席をはずす。すぐに手代を連れて戻ってきた。

修馬が手代に同じ問いをぶつけたが、番頭のいった通りだった。

結局、本八屋ではなにも収穫はなかった。

店を出たときには、夜のとばりがすっかりおりていた。道を行きかう人たちは誰もが提灯を手にしている。

それが絵のように美しく、勘兵衛はときを忘れて見とれた。

「なんだ、勘兵衛、なにをぼうっとしているんだ」

「ああ、いや、なんでもない」

勘兵衛は修馬に目を戻した。

「勘兵衛、気になることが一つある。お咲《さき》たちのことだ」

おさき、と勘兵衛は思った。即座にお咲、という名が脳裏に導きだされた。

「お美枝さんが世話していた子供たちか。行ってみるか」

「かまわぬか」

「もちろんだ」

修馬が折りたたみ式の小田原提灯に火を入れた。提灯は心許《こころもと》ない明るさだったが、道を照らしだしてくれた。

本郷一丁目からお咲たちがいる小日向松枝町《こひなたまつがえちょう》までは、早足で四半刻くらいだろう。

まず南へくだり、神田川沿いに出る。土手沿いの道を西へ進み、お茶ノ水河岸を通りすぎる。北側に水戸徳川家の広大な上屋敷を見ながら、足を進める。

竜慶橋《りゅうけいばし》を渡り、江戸川沿いを北に歩く。やがて江戸川は左に曲がってゆく。

川の両側は武家屋敷がびっしりと建ち並んでいる。寄合のような大身の者もいるが、ほとんどは小禄《しょうろく》の旗本たちだ。

武家屋敷が途切れる石切橋《いしきりばし》まで来ると、両側は一気に町地となる。石切橋を渡って道を二度左に曲がり、最後に右へ折れて半町ほど行くとそこが小日向松枝町だ。

小さな町で、町の南側は小日向村の田畑が広がっている。

お咲たちの家には明かりが灯っていた。明るさは十分で、子供たちが暗くなっていないのを示しているようで、勘兵衛は安堵の気持ちを抱いた。

枝折戸《しおりど》をあけ、庭に入りこんだ修馬が灯りを映じている障子に声をかける。

からりと障子があき、子供の一人が顔を見せた。

「あれ、修馬のお兄ちゃん」

ずんずんと歩き、修馬が濡縁の前に立った。

「みんな、元気か」

子供たちは食事をしていたようだ。膳がずらりと並んでいる。部屋の隅に子供たちの世話をしている益太郎《ますたろう》とお路《みち》の夫婦がいた。

二人は修馬の顔を見ると立ちあがり、泡を食ったように近づいてきた。

「これは山内さま」

益太郎が辞儀する。心からほっとした顔だ。八郎左衛門のことをきかされて、不安にさいなまれていたのだろう。

「旦那さまはどうされました」

「まだ見つかっておらぬ」

「さようですか」

二人は暗澹《あんたん》としている。

「だが、商売はちゃんとやっている。あの番頭なら、おぬしたちを見捨てるような真似はするまい」

「それはありがたいことで……」

益太郎とお路は胸をなでおろしている。

お咲をはじめとして、子供たちが濡縁に出てこようとしている。濡縁はぎしぎし音を立てた。

「おい、みんなでのったら潰れちまうぞ」

「ねえ、修馬のお兄ちゃん」

お咲が呼びかけてきた。

「旦那さまはどうしてるの」

修馬が、お咲にさとられないように静かに息をついた。

「行方知れずのままだ。必ず捜しだす」

「生きているの」

「そう願っている」

勘兵衛としては、それはもう無理だろうと考えている。

望みがあるとしたら、修馬がいったようにあの場で殺さず、連れ去ったということだ。

それにはなにか理由があるはずなのだ。

「頭の大きなおじさんはどうなの」

別の男の子がきいてきた。確か進吉《しんきち》とかいったはずだ。

勘兵衛は唇を嚙み、それから口にした。

「すまないが、俺も修馬と同じ答え方しかできぬ」

「そうなの」

進吉が下を向く。

「ねえ、修馬のお兄ちゃん、頭の大きなおじさん」

ちがう男の子が叫んだ。

「旦那さまを取り戻して」

必死の目をしている。まるで、生まれたばかりの赤子を取りあげられた親のような目だ。ほかの子たちも同じ瞳の色をしている。

八郎左衛門がいかに子供たちから慕われ、好かれていたかの証だ。そんな男がお美枝を手にかけるはずがなかった。

八郎左衛門がお美枝を殺していないことはとうに信じていたが、勘兵衛はこのとき確信に至った。

「わかった。きっと八郎左衛門は生きて取り戻す」

修馬がきっぱりといったが、言葉尻にはあまり力がなかった。

勘兵衛は、益太郎とお路に目を向けた。

「ところでおぬしたち、どういう形で八郎左衛門と知り合った」

七

八郎左衛門の事件と助四郎、彩菜の事件。両方の事件ともなにも得られず、四日ものときが無為に流れていった。

八郎左衛門と益太郎、お路夫婦がどうやって知り合ったのか。

以前働いていた寺が廃寺になってしまい、新たな仕事先を探していた益太郎、お路夫婦がお咲たちの面倒を見るという職を得ることができたのは、ある寺の住職が八郎左衛門に紹介したからだ。

むろん、勘兵衛たちはその住職に会った。

寺は交雲寺《こううんじ》といい、牛込改代町《かいたいまち》にあった。本堂も大きく、立派な寺だった。

住職は紹瞭《しょうりょう》という名で、いかにも品がよさそうではあったが、勘兵衛にはどことなく鼻持ちならないところが感じられた。そのことがやや気になった。

八郎左衛門と知り合ったのは、この寺に八郎左衛門が寄ったことがきっかけだった。八郎左衛門がとうに散った桜の木をじっと見あげているのが気になり、紹瞭が話しかけたのだ。

それからすぐに親しくなり、一度ならず八郎左衛門の店から金を借りたことがある、といった。

「寺というのはなかなか厳しいものでして、手元不如意《ふにょい》になることがままあるのですよ」

そういって紹瞭は目を柔和に細めて笑ったものだ。その笑顔からは、人のいい和尚さんという感じしか受けなかった。

「別に怪しいところはないな、今の住職」

交雲寺を出てすぐに修馬がいった。

「なんだ、勘兵衛、ちがうのか」

「どこかいやな感じがなかったか」

「いやな感じだと。たとえば」

「金に汚い」

「そうかな。でも、今の坊主どもで、金にきれいな者などまずおるまい。それに八郎左衛門から借りた、ということを正直にしゃべったではないか」

「そうなんだが……」

「お頭の、勘を無駄にするな、という言葉がきいているようだな」

修馬が交雲寺を振り返る。

「そんなに気になるなら、あの坊さんのこと、調べてみるか」

そして、実際に寺に張りつくなどして調べてみたのだが、これが見事な空振りに終わったのだ。

足かけ四日ほど張っただけだったが、紹瞭は寺を一歩も出ることはなかった。

朝のおつとめもしっかりこなしているし、常に寺にいて、一歩も寺の外には出なかった。

寺の近所の者によると、住職の評判は悪くなかった。誰もが、いいお坊さんですよ、と口をそろえた。

お咲たちにも話をきいた。八郎左衛門は紹瞭と馬が合った様子で、この家に来たあとは必ず交雲寺に寄って帰っていたようなのがわかった。

益太郎、お路にも紹瞭のことをきいた。益太郎たちが働いていた寺が廃寺になったのは、住職が病を得て死んでしまったからだが、その住職と紹瞭は懇意にしていたという。

「ええ、とてもいいお坊さんですよ。面倒見もいいですし」

これだけそろうと、さすがに紹瞭にはなにもない、と判断するしかなかった。

「勘兵衛の勘もはずれだったようだな」

「そう認めるしかないな」

「そんなに落ちこむな」

「落ちこんではおらぬ」

だが、今の勘兵衛と修馬には焦りがある。疲れも出てきている。最近、休みがまったくないのだ。

疲れは、泥のように重く肩にのしかかってきている。払いのけようとしてもべったりと貼りついて払いのけられない。

「勘兵衛、疲れた顔しているな」

翌朝、出仕した途端、修馬にいわれた。まだ刻限がはやく、同僚は一人として来ていない。麟蔵も、あと四半刻くらいしないと姿を見せないだろう。

「おぬしこそ」

勘兵衛はいい返した。

「俺は勘兵衛のように、目の下にくまなどつくっておらぬ」

「できているよ、くっきりと」

「なにっ」

修馬が目の下を押す。

「そんなので治るか」

背後の襖がひらいた。勘兵衛ははっとしてそちらを見た。

小者が近づいてきて、勘兵衛と修馬のちょうどまんなかに片膝をついた。

「お客さまです」

徒目付部屋は機密を扱っていることもあり、ふつうの侍の立ち入りは禁じられている。なにか用があるときは、こうして徒目付づきの小者を通さなければならない。

「どなただ」

小者が口にした名は意外といえば意外だったが、事件とまるっきり関係がないというわけでもない。

勘兵衛と修馬は小者とともに詰所を出た。半町ほど離れた廊下に一人の侍が立っていた。

島岡京三郎だった。失踪した彩菜の許嫁だ。

「こんなに朝はやく申しわけござらぬ」

響きのいい声で京三郎がいった。

「いえ、かまいませんよ。どうされました」

間を置くことなく勘兵衛はきいた。京三郎の顔には切迫したものがあり、この冬のさなかにうっすらと汗をかいている。

「どこか落ち着いて話せるところはありませぬか」

まわりは出仕してきた侍たちが増えてきたせいで、喧噪《けんそう》に包まれつつあった。

修馬が付近を見まわす。

「では、こちらに」

そういって廊下を歩きだした。

十間ほど行って足を止め、右手の襖をひらいた。

ここは徒目付が、用談などのためにいくつか与えられている部屋の一つだ。

八畳間で、山と滝だけが描かれた墨絵の襖に取り囲まれている。斜めにゆったりと流れ落ちる滝、巨岩によって二またにわかれている滝、水しぶきをあげる瀑布《ばくふ》、幾筋もの細い流れが幕を広げたようになっている滝など、四方とも異なる絵だ。

「お座りください」

修馬が京三郎に勧める。京三郎はうなずき、正座した。勘兵衛と修馬は京三郎に向かい合う位置を取った。

「どうされました」

興味津々の顔で修馬がうながす。

「それがですね」

京三郎はなにかがつかえでもしたように、喉仏をごくりと上下させた。

「昨日のことですが、それがしのもとに縁談を持ちこんできた者がいるのです」

なんのことだ、と勘兵衛は一瞬思ったが、まさか京三郎という次期将軍のお気に入りを自家のものにするのが目的で彩菜はどこかに連れ去られたのでは、という思いがすぐに頭に浮かんだ。

「どこから持ちこまれたのです」

勘兵衛がきくと、市川多左衛門《いちかわたざえもん》という旗本とのことだった。

「市川どのですが、まるで彩菜どのはもうこの世におらぬかのような口ぶりでした。ですので、市川どのはなにか知っているのでは、とそれがしには思えてならぬのです」

「あるいは、市川どのが絡んでいるのでは、ということですね」

「そういうことです。さすがに不審を感じざるを得ませぬ」

京三郎とわかれた勘兵衛と修馬は、出仕してきた麟蔵にさっそくその話をした。

麟蔵が眉根を寄せ、顎をなでた。

「ふむ、確かに見すごしにはできぬな。行ってこい」

市川屋敷は駿河台にあった。市川家は三千二百石の禄高を誇ってはいるが、この家も島岡家と同様、寄合だった。

当主の多左衛門は屋敷にいた。勘兵衛たちが訪ねると、用人によってすぐに客座敷に招き入れた。そのあたりの円滑さには、うしろ暗いものはまったく感じられない。

心中、首をひねりながら勘兵衛は腰をおろした。

多左衛門はすぐにやってきた。

眉が太く、眼窩《がんか》がくぼんでいるせいで、彫りが深く見える。目はさほど大きくないが、瞳に力がある感じで、それが顔全体に精悍《せいかん》さを植えつけていた。血色がよく、鬢の毛も真っ黒で、おそらく歳よりだいぶ若く見えているはずだ。

どっしりと構えて正座しているが、徒目付が五つすぎというはやい刻限にやってきたことに、さすがに戸惑いがほの見えている。

「して、なに用かな」

勘兵衛と修馬を交互に眺めて、多左衛門がきく。

「島岡家に縁談を持ちこまれたそうですね」

修馬が多左衛門から目をはずさずにいった。

「さすがに早耳ですな。ええ、昨日のことです。それがなにか」

「京三郎どのの許嫁が行方知れずになっていることをご存じですか」

「高井家の彩菜どのですな。ええ、知っているからこそ、縁談を申し入れました」

「彩菜どのがもう死んでいるかのような口調で、申し入れをされたとか」

むっ、という顔で多左衛門が修馬をにらみつける。

「どなたからそれを」

「申せませぬ」

「御徒目付どのは、拙者が京三郎どのを手に入れるために、許嫁をかどわかしたとでも考えているのですか」

「京三郎どのは、次期将軍といわれるお方のお気に入りです。それだけの者を婿に迎えられれば、家の繁栄は必定」

「それはその通りです」

多左衛門は認めた。

「だからこそ、拙者も縁談を申しこんだのです。ですが、拙者は京三郎どのの許嫁をかどわかすような真似はいたしませぬ」

目の前に置かれている茶にはじめて気がついたように、多左衛門が手をのばす。ぬるくなったはずの茶で喉と唇を湿してから、続けた。

「拙者は京三郎どのに執心しており申す。許嫁の失踪を知ってから、これでも五日、我慢したのでござるよ。六日目で我慢の糸が切れ申したが」

「彩菜どのがすでに死んでいるような口ぶりはなにゆえです」

「むろん、拙者は彩菜どのの死を望んでいるわけではござらぬが、もうそうなっているのが自然に思えたから、申したまで。他意はござらぬ」

勘兵衛と修馬は、申し合わせたかのようにじっと黙っている。落ち着かなげに多左衛門が身を揺り動かし、さらにいった。

「ですので、拙者が彩菜どのになにかしたということは決してござらぬ。それに、京三郎どのを婿にしたがっている者は拙者だけではない。拙者が昨日、縁談を申しこんだことを伝えきいて、今日にも縁談は殺到するでしょう」

勘兵衛と修馬は顔を寄せ合い、ひそひそと話し合った。話をきいた限りでは、彩菜になにかできる男ではなさそうに思えた。

多左衛門が気味悪そうに二人を見ている。

「お城に来ていただけますか」

「なにゆえ」

「お頭に会っていただきたいのです」

「なぜそこまでせねばならぬのです」

「行きたくありませぬか」

「行きたいわけがない」

「行きたくないわけでもおありか」

「そういうわけではないが」

「でしたら、いらしてください」

多左衛門は十名ばかりの供を仕立てて、勘兵衛たちと一緒に江戸城に向かった。

朝、京三郎とつかった部屋に多左衛門を連れてゆき、麟蔵にじかに調べてもらった。

二人はほんの四半刻も部屋にはいなかった。麟蔵自ら多左衛門を玄関まで送っていった。

「いかがでした」

詰所に戻ってきた麟蔵に修馬がきく。

「関わりはないな。腹に一物あるような男ではない。むしろわかりやすいたちの男だ。勘兵衛、修馬、あんなにはっきりしている男をわざわざ連れてくるな。特に勘兵衛」

厳しい眼差しが当てられる。

「勘にしたがえ、と申しただろうが。あの男が関わっていると、勘が告げたか」

「いえ」

「なにもかも勘に頼るなとはいわぬし、まだ勘の頼りどころがわかっておらぬのだろうが、あれくらいはっきりしている男の黒白はつけられるだろう」

麟蔵がかすかに表情をやわらげる。

「だがこのことで見えてきたものがあるな」

なんでしょう、とききかけて勘兵衛は口を閉じた。きいたところで、麟蔵が話すはずもない。ここは自ら考え、答えを導きださねばならなかった。

そのことは修馬も解したようだ。

「二人とも考えているな。だが、そんなにむずかしいことではないぞ」

麟蔵がにやりと笑う。いつもの酷薄さが漂ったが、背筋がぞくりとするほどの笑いではなかった。

勘兵衛はしばらく考え、思い当たった。

「岩永助四郎どのは目くらましにすぎぬ、ということですね」

麟蔵はなにもいわない。続けろ、と目が命じている。

修馬が顔を向けてきた。俺がいっていいか、と目顔できいている。勘兵衛は笑みを浮かべてうなずいた。

「何者がしてのけたかわかりませぬが、本当の目的は彩菜どのをかどわかすことにある、ということです。その裏には、京三郎どのの存在があります」

「それで」

「彩菜どのをかどわかし、京三郎どのの縁談を破談にすることで、京三郎どのを自家の婿にしようとしている者の企み。それしかないと思います」

麟蔵が背筋をのばした。

「それで本当に正しいのか、わしにはわからぬ。勘兵衛、修馬、今はその筋に沿って調べてみろ。また新たな事実が出てきて、真の狙いが見えてくるかもしれぬ」

真の狙い、と勘兵衛は思った。まだこの先になにかあると麟蔵は考えているのだろうか。

勘兵衛と修馬は麟蔵のもとを辞した。玄関に向かう。

「となると勘兵衛、京三郎どのに縁談を申しこんだ家、すべてが怪しいということになるな」

「いったいいくつあるんだろう」

次期将軍と目される者のそばに小姓として仕えているので、京三郎はまだ殿中にいた。

京三郎によると、市川家を含め、八家から縁組の申しこみがあったとのことだ。

京三郎に礼をいってから、勘兵衛たちは城を出た。

「勘兵衛、その八家というのは、いずれも欲の皮を突っ張らせた者たち、といっていいのかな」

「いいすぎだろう」

勘兵衛はたしなめた。

「家の繁栄を願う、というのは人として自然な感情だ」

「だが、あまりにあからさまでな」

「それも人というものさ。だからこそ、さまざまなことがこの世で起きる」

八

市川家を除いた七家すべてを当たった。

しかし、これぞ、という怪しい者は出てこない。

京三郎という男をどの家もほしくてたまらない様子だったが、彩菜という許嫁をかどわかしたところで、自家が京三郎に選ばれるとは限らない。

「となると、勘兵衛」

七つの旗本をまわり終えたあと、無人の道のまんなかで修馬が足をとめた。

「京三郎どのを婿として狙ったがために彩菜どのをかどわかした、というのはちがうことにならぬか」

「その通りだな」

勘兵衛は同意した。

「お頭が、歯切れの悪いいい方をされたのも、このことがおわかりになっていたからだ」

かなり勢いこんでいただけに、気勢をそがれたものはあったが、勘兵衛にさしたる落胆はなかった。

探索というのは、こういうものだろう、という意識が体にしみつきはじめている。無駄と徒労の積み重ねだ。

いや、無駄というものは決してない。いらないものを確実に消してゆくことになるからだ。むしろ前進といっていい。

すでに夜が深まっている。日中は強かった風はおさまっていた。

だがその分、冷えこみはきついものになっており、こうして道に突っ立っていると、冷たさがじんわりと足元から這いあがってくる。

足先にはしびれるような痛さがあり、手も絶えずこすり合わせていないと冷たさで切れてしまいそうだ。

武家町は不気味なほどに静まりかえり、ときおり遠くに見える提灯の明かりが季節はずれの蛍のように揺れている。

「勘兵衛、今度はどういう方角へ目を向けるべきなのかな」

勘兵衛は考えこんだ。

「彩菜どのをかどわかし、利を得る者は誰か、ということだな」

修馬が小田原提灯を掲げ、勘兵衛の顔を照らすようにした。

「それは新しい考え方といっていいのかな。ふむ、そちらに目を転じるべきか」

「的を射ているかはわからぬが、今はほかに調べようがない」

となると、といって修馬が顎をなでる。なんとなく麟蔵の仕草に似てきた。

「彩菜どのの身辺を徹底して調べる、ということでいいのかな」

「これまでかなりやったつもりだが、ことによると、まだ俺たちの知らない友がいるかもしれぬ」

翌日、勘兵衛と修馬は彩菜の友人たちを一人一人訪ね歩いた。もう一度じっくりと話をきくことで、なにかこれまでとちがったことを思いだしてもらえるのでは、と期待してのものだ。

勘兵衛たちは、彩菜がこたびの縁談に対し、不満がなかったかをききはじめた。あまり考えにくいが、彩菜自ら姿を消したというのもまだ捨てきれないのだ。

「彩菜さまはこたびの縁談について、まったく不満は持っていなかったと思います」

お花の席で、いつも隣に座っていた、という娘がいった。

「むしろ、京三郎さまという評判のお方を婿に迎えられることを誇りに思っていたのではないか、と思います」

「そうですか」

「私も正直に申しあげれば、京三郎さまを婿にできる彩菜さんがうらやましかったです」

その娘の屋敷を勘兵衛たちは出た。

「勘兵衛、彩菜どののことをうらやんだ娘の犯行、というのはどうだ」

曇り空が蓋をしたように風はないが、大気は氷でも封じこめたように冷たかった。昨夜のように底冷えする感じというのではないが、葉を落とした木々のてっぺんに数羽の烏《からす》がとまってぎゃあぎゃあと鳴き騒いでいる光景は、いかにも寒々しかった。

「修馬、これまで何人も彩菜どのの友達に会ってきたが、そんなことをするような者がいたか」

「いや、別に友達でなくてもいいだろう。彩菜どのをうらやんでいる者はきっといくらでもいるはずだ」

「なるほど。いいところに目をつけたな」

「しかし仮にそうだとしても、見つけだすのが苦労だな」

「だが、やらずばなるまい」

「そうだが、勘兵衛、誰かその手の噂に詳しい者を知らぬか。町人にはよくいるだろう、どこから仕入れてくるのか、その手の噂を常に手にしている者が」

「いたらとうに行っているさ」

「まあ、そうだよな」

再び彩菜の友人たちに当たり、彩菜のことをうらやんだり、うらみに思っている者がいないかきいた。

何度も徒目付の来訪を受けて、彩菜の友人たちもさすがに勘兵衛たちの顔は見飽きたようだ。

最初の頃は、誰もが勘兵衛の頭の大きさに驚きの目を向けていたもので、話もしやすかったのだが、今はその効力などほとんどなかった。

「その頭にも飽きられたか」

すべての友人をまわり終え、雲が厚みを増した空を仰いで修馬がぼやく。

「いくら珍しいからって、何度も目の当たりにすれば、新鮮味は薄れるものな。だから浅草の見世物だって、次から次へと新しいものをだしてゆくんだ」

修馬の無礼ないい方に勘兵衛も慣れて、なにもいい返す気にはならなかった。

「勘兵衛、彩菜という娘は評判がよかったんだな」

「今さらなにをいっている。そんなのは、最初に話をききまわった頃からわかっていたではないか」

「京三郎どのが惚れたというのもわかるよ。俺も、彩菜どのみたいな明るくて美しい娘に嫁に来てほしい、と思ったものな」

歩きながら背筋をのばし、修馬が真顔に戻る。

「勘兵衛、やはり助四郎どのがかどわかしたのではないのかな。だから、同じ日にいなくなった。この一件は単純に考えたほうがいいのではないか」

「だが、助四郎どのの仕業とするのでは、おかしいのはもうわかっているではないか」

高井家の菩提寺である均泰寺からの帰りに彩菜がいなくなった頃、助四郎は垣田道場にいたのだ。

これは動かしようがない事実だ。その後、道場の友人である田端伝兵衛と二人で飲みに行ったのである。

「だったら勘兵衛、確かめてみないか。もう一度、垣田道場の友人に会うんだ」

「田端伝兵衛が、日にちを勘ちがいしていると思うか」

「会ってみぬとわかるまい」

「意地になっているな」

道場に伝兵衛は出てきており、若い門弟と稽古《けいこ》をしていた。激しい打ち合いで、むしろ伝兵衛のほうが押されていた。

若い門弟は筋がよかった。必死に稽古を積み、修業を重ねれば垣田道場ほどの規模なら、師範代くらいにはなれるのでは、と思った。

ああ、そういえば、と勘兵衛は思った。左源太《さげんた》はどうしているだろう。しっかりと道場に通って、腕を磨いているだろうか。前のように、博打にのめりこんではいないだろうか。

だが二十七にもなって、竹刀を振るうしかない、というのもつらいだろう。剣で身を立てられるくらいの腕があればともかく、左源太ではそれも厳しい。

勘兵衛は無性に竹刀を振るいたくなった。左源太とやってみたい。

びしり、と痛烈な音が道場内に響き渡った。勘兵衛が目をやると、伝兵衛が尻餅《しりもち》をついたところだった。

「まいった」

情けなさそうな声をだし、面を取る。そのとき、道場のそばに座る勘兵衛たちに気づいた。おっという顔で目をみはる。

「御徒目付どのが先ほどからお待ちだ」

師範代の恩田新五郎がそばに行くよううながした。

汗を手ぬぐいでふきふき、伝兵衛がやってきた。勘兵衛たちの前に正座する。

「お恥ずかしいところをお見せしました」

「あの若い人は強いですね」

勘兵衛がいうと、伝兵衛はうらやましそうな顔で対戦相手を振り返った。

「そうなんです。この道場でも将来を嘱望されています。それがしでは、もはやまったく歯が立ちませぬ」

伝兵衛が手ぬぐいをていねいに折りたたみ、懐にしまいこんだ。

「それで今日は。もしや助四郎が見つかったのですか。いや、そういうことはないようですね」

「ええ、残念ながら」

修馬が、助四郎と一緒に飲みに行った日にまちがいはないか、確かめた。

「ええ、まちがいありませぬ」

伝兵衛はきっぱりといいきった。

勘兵衛たちは垣田道場をあとにした。

「勘兵衛のいった通りだったな。すまぬ、無駄足を踏ませた」

「俺たちの仕事に無駄足などないさ」

「勘兵衛、それでどうする」

「八郎左衛門のことが気になる」

「では番所だな」

勘兵衛と修馬は南町奉行所に足を向けた。

手塚という同心が一人、詰所に残っていた。

「おう、山内どのではないか。久岡どのもようこそ」

修馬が八郎左衛門が連れ去られた一件について、どういう進捗《しんちょく》状況になっているか、手塚にきいた。

「今、町奉行所のすべての力を集めて探索につとめている」

口調の力強さに反し、手塚の顔は渋いものだった。

「お二人だから申しあげるが、正直、なにも進んでおらぬのだ」

おそらくそんなものだろう、と思っていたから勘兵衛はなんとも思わなかった。こちらも助四郎、彩菜同様、手づまりということだ。

「七十郎はどうしています」

「元気にしてる。明日にでも仕事に復帰したがっているようだ」

「それはよかった」

すぐに勘兵衛は表情を曇らせた。

「七十郎に咎《とが》めはありませぬか」

「そのことですか」

手塚が嚙み締めるようにうなずく。

「八郎左衛門を奪われたことに、非難の声がないわけではない。いくら相手が六人ばかりだったにしろ、ほとんど抵抗できずに連れ去られたというのは町廻り同心としていかがなものか、という声だ」

手塚が言葉をとめ、頬をかく。

「しかし、仕方がない、という声が大勢を占めている。六人に不意に襲われ、引っ立てようとしている者を守りきれる者が奉行所内にいるかどうか。いや、そんな自信がある者は一人たりともおらぬ」

手塚が勘兵衛をしみじみと見る。

「久岡どののほどの腕があれば別だろうが……。おそらく七十郎には咎めはないだろう。お奉行からお叱《しか》りくらいは受けるかもしれぬが、その程度だ。ご安心召され」

そこまでいわれて、勘兵衛はほっと胸をなでおろした。

手塚がなおも続ける。

「昨日、お奉行自ら七十郎を見舞われた。恐縮し恥じる七十郎に、こたびのことをしくじりだと思っているのなら、仕事で取り返せといわれたそうだ」

第四章

一

「なあ、勘兵衛」

今日どうするかを考えつつ詰所に入ると、先に来ていた修馬が声をかけてきた。

詰所には修馬以外、誰もいない。

「昨夜、寝床でなんとなく思ったんだが」

修馬の言葉をききながら勘兵衛は自らの文机の前に座り、修馬を見つめた。

「なにを思った」

向かいに正座し、修馬が体をぐっと乗りだしてきた。

「八郎左衛門が依頼した組というのは、助四郎どの、彩菜どのも失踪させたのではないのかな」

意外な言葉だった。勘兵衛はこれまで考えたこともなかった。

だが、そう考えると腑に落ちるところもないわけではない。同じ失踪に見せかけているところなどそっくりだ。

「なるほど」

勘兵衛は大きくうなずいた。

「考えられるぞ」

「だろう」

修馬は手跡をほめられた手習子《てならいこ》のようにうれしそうな顔をした。

「実をいえば、昨夜思いついたとき、勘兵衛の屋敷に行こうか、と思ったくらいなんだ。今朝も待ちきれず、六つ（午前六時）すぎには家を出てきた」

「そうだったか。よし修馬、お頭が見えたら、さっそく話せ」

四半刻後、麟蔵が姿を見せた。

麟蔵は修馬の話を興味深くきいた。きき終えて、満足そうな笑みを一瞬、ちらりと浮かべた。

「お頭、とうに気がつかれていたのでは」

勘兵衛としてはきかずにいられなかった。

「そんなことはない。探索がはやく進むというのに、いくらおまえらに考える力をつけてほしいといっても、口をつぐむようなことはないぞ」

もっともだった。

「よし、勘兵衛、修馬。岩永助四郎、高井彩菜、本八屋八郎左衛門の三人の事件に同じ組が関与しているという筋で探索してみろ」

麟蔵に命じられ、勘兵衛と修馬は必死に調べをはじめたが、これまでと変わらず、組というものの影を踏むどころか、見ることすらできなかった。


二日後、勘兵衛たちは島岡京三郎のことを調べていた。

助四郎や彩菜、八郎左衛門のことはほとんど調べ尽くし、当事者でほかに誰のことを調べておらぬか考えたとき、修馬が京三郎のことを調べてみないか、といったのだ。

「あの男、彩菜どののことを気に入っていたといったよな。それを俺たちは鵜呑《うの》みにしていなかったか」

勘兵衛は虚を衝《つ》かれた。

「修馬、いったいどうした。冴えまくっているな。その通りだ」

「だろう。やつが嘘をついているということは十分に考えられる」

「となると、京三郎にはほかに女が、ということになるな」

「あれだけの大身の家の子息だ、おらぬほうがおかしいと思わんか」

それで勘兵衛と修馬は京三郎という男の探索に入ったのだ。

だが、京三郎の身辺に女はまったくいなかった。吉原には何度か足を運んだことがあるようだが、それくらいで、彩菜という許嫁を行方知れずにさせて京三郎にいいことなどあるようには思えなかった。

「女ではないな」

修馬は京三郎に対して疑いをまだ解いていない。

「とするとなんだ」

「勘兵衛、自分で考える癖をつけろ」

ちょっと悔しかった。勘兵衛は必死に頭を働かせた。

「京三郎どのは部屋住みとはいえ、三千石の家の者。対して彩菜どのの高井家は千九百五十石。その禄高の差に京三郎どのは不満があるのかな」

「えらいぞ、勘兵衛。よく考えた」

勘兵衛としてはしっくりしない。京三郎が婿になった家を引っ張りあげる自信というのは、この前話をきいたとき、本物に思えたからだ。

だが、今は一つ一つ潰してゆくしかない。勘兵衛たちは調べあげた。

だが京三郎の親しい者にきいても、京三郎がそのような不満を抱いていることはないはず、と誰もが口をそろえた。

これも的はずれに思えた。

「どうなってるんだ、勘兵衛」

うまいという評判だがやけに空いている蕎麦屋に入り、昼飯の天麩羅《てんぷら》蕎麦を食べながら、修馬がわけがわからぬといわんばかりの口調でいった。かき揚げをざぶざぶとつゆのなかに沈めて、やわらかくしている。

「俺にもわからぬ。やつはなんの関係もないということではないかな」

「くそっ。やはりそうか。俺もお頭のお言葉にしたがって、勘というやつに頼ってみたが、駄目か。いいところを衝いていたと思ったんだけどなあ」

それは勘兵衛も同感だった。修馬の言が突破口になりそうな気がしたものだ。

勘兵衛も天麩羅蕎麦を頼んでいる。つゆに油が染みだし、それに蕎麦切りが絡んでいる。ずるずるとすすりあげると、まさに至福のうまさだった。天麩羅も上手に揚げられていて、特に小海老《こえび》が美味だった。

天麩羅蕎麦にすっかり満足して、勘兵衛たちは蕎麦屋を出た。

店を出ると、北風がいきなりぶつかってきた。体を持ちあげられそうになるくらいの強さがある。

江戸の町はもうもうと土埃が巻きあげられ、目をあけていられない。人通りも極端に少ない。蕎麦屋が空いていたのも当然といえた。

目をこすって修馬がぼやく。

「まるで天上の神さまが怒りまくって鼻息を荒くしてるみたいだな」

「まったくだ」

そのときだった。風に巻かれるようにして、一人の男が勘兵衛たちの前に立った。

「どういうことでしょうか」

強風に負けないようにしているのか、声を張りあげた。

勘兵衛は無理に目を見ひらいた。

立っているのは島岡京三郎だった。

「どういうことというと」

勘兵衛は問い返した。

「それがしのことをいろいろ調べまわったそうではないですか」

「その通りだが」

「それがしが彩菜どのの失踪に関与していると考えたのでしょう」

「それがなにか」

勘兵衛は低い声で返した。京三郎が圧されたように半歩ほど下がる。

「どうしてそのような真似を。それがしが関与しているはずがないでしょう」

「それを調べさせていただいた」

「結果は」

「京三郎どのを引っ立てることはまずないでしょう」

「疑いは晴れたということですか」

「むろん」

京三郎がほっとした色を頰に浮かべた。

勘兵衛に代わって修馬があいだに入った。

「こちらも正直手づまりでな、いろいろと手を広げなければならなかった。気に障《さわ》ったかもしれぬが、辛抱してくれ」

「わかりました」

京三郎はそっと顎を引いた。

「島岡どの、どこかで茶でも飲まぬか」

修馬が誘ったが、遠慮しておきます、と京三郎は固辞した。猛烈に吹き渡る風にさらわれるように急ぎ足で去っていった。

「怒らせちまったな」

修馬が目を細めていった。

「あの男がえらくなったら、意趣返しされるんじゃないのか」

「そんなたまではなかろう。こちらがすべきことをしたというのは理解しているさ」

「勘兵衛は相変わらず気楽——」

修馬が不意に言葉をとめた。まじめな顔をしている。

「勘兵衛、家族はどうなのかな。本人はいいとして、家族が不満に思っているということはないのだろうか」

「縁談をまとめたのは、京三郎どの本人ではなく家族だろうが」

「当主の兄と隠居の父親か」

修馬が腕を組んだ。

「そちらが実はいやがっているということはないのかな。こたびの縁談に乗り気だったのは、京三郎どのだったのだよな。京三郎どのが強引に進めたのに嫌気がさして、というのは考えられぬか」

勘兵衛としては、ちょっと考えにくいと思った。だが、調べてみるのにやぶさかではない。

「いいだろう。さっそく当たってみよう」

島岡家の親戚を立て続けに訪問した。決して他言しないようにきつくいった。もし破れば、引っ立てるとほとんど脅した。

だが、この日はたいした収穫はなかった。兄も父も京三郎の縁談がまとまったのを喜びこそすれ、気に入っていないというようなことは決してないとのことだった。

翌日は残りの親戚の屋敷を訪れた。

その一軒で、ある一つの話をきくことができた。京三郎の母親の従姉《いとこ》が嫁いでいる家で、勘兵衛たちに期待はほとんどなかった。

だから、そういう耳寄りな話がきけたことは驚きですらあった。

その従姉は佳美《よしみ》という名で、連れ合いは二年前に亡くなり、十八のせがれが家督を継いでいたが、実権は佳美が握っている雰囲気が色濃く漂う家だった。

佳美は口が大きく、勘兵衛は一目見て、蛙《かえる》のようだな、と思ってしまった。寒がりなのかずいぶんと着ぶくれていた。

禄高は七百六十石で、自分がこんな低い家格の家に嫁いできたことに対する長年の不満があらわれているような顔つきだ。

「泰代どののことはご存じですか」

風邪でも引いているのか、ややしわがれた声で佳美がきいてきた。

「京三郎どのの母御ですね」

修馬が答える。

「あの人のことはもう」

「ええ、一通りのことは調べています」

「そうですか。では、このことを申しあげても無駄ですね」

「どのようなことです」

修馬が身を乗りだした。勘兵衛も興味を惹かれた。

「でも、このようなこと、御徒目付さまに申しあげて泰代どのに叱られぬでしょうか」

「その点はご安心ください。ここで話されたことは、他者には決して伝わりませぬ」

「信じてよろしいのですね」

「もちろんです」

わかりました、と佳美はいった。

「滅多に口にだしませぬが、泰代どのは京三郎どのの立身出世をひたすら願っているのですよ」

そうなのか、と勘兵衛は思った。だが、そのくらいは母親として当然だろう。

「ですので、今度の縁組にも一人、強く反対していたのです」

「ええっ、そうだったのですか」

修馬が声を放つ。

「ええ。京三郎どのが頑として譲らなかったものですから、泰代どのも仕方なく折れたのです」

佳美は一息つくように肩を揺すり、また話しだした。

「泰代どのが不満に思っているのは、お相手の禄高です。京三郎どのならもっと上の家に行けぬはずがない。次期将軍のお気に入りなら、もっと上の家をいくらでも選べるはず、という思いがあるのです」

修馬が深いうなずきを見せる。

「それに、泰代どのは彩菜どのという娘御に対しても、いい感情は持っておらぬはずです。きっと、きれいなだけの娘、という思いを抱いているのではないでしょうか」

「なるほど、お話はよくわかりました」

修馬が佳美を見つめる。

「ありがとうございます。しかしどこからそのような話を」

勘兵衛も疑問に思っていた。

「そのことですか」

佳美はたっぷりとした頬に笑みを浮かべた。

「勘ですよ。いえ、それだけでは理由にならないでしょうか。でも、親戚同士で集まったとき、女だけでおしゃべりする機会がございます。そのとき、泰代どのがどのようなことを考えているか、手に取るように私にはわかります。なにしろ子供の頃からなじみ親しんだ人ですから」

なじみ親しんだ、といったが、佳美の口調はどこか冷たかった。

「もっとも――」

佳美は言葉をとめた。

「あの人の本当の心のうちがわかるのは、私一人だけでしょうけれど」

二

泰代は滅多に他出することはない。

「奥方と呼ばれるだけあって、なかなか出かけぬな」

「仕方あるまい」

勘兵衛と修馬は小者をまじえ、島岡家に張りついている。

寒いなかの張りこみは、覚悟していたとはいえ、つらいものがある。そばに火鉢が置いてあるが、それがなかったら逃げだしたくなるくらいの冷たさが覆っている。

勘兵衛たちがいるのは、島岡家の向かいの武家屋敷だ。長屋門の二階の一室を借り受け、細い窓から眼差しを注いでいる。

仮に彩菜の失踪が泰代の依頼によるものだったとして、三千石もの大身の旗本の奥方がどうやって殺しを生業とするような連中とつなぎを取ったのか、勘兵衛と修馬にとっては不思議だった。

ときに島岡屋敷にやってくるのは、小間物売りの行商人や呉服屋の外商を担当している者たちだ。そういう者と泰代は気安く会っている様子だった。

そういう者たちだけでなく、蔬菜《そさい》売りなども来るが、それは台所のほうにしかまわっていかない。

屋敷を訪れる小間物売りや呉服商は、大身の旗本だけに数多かった。

そういう者たちが殺しやかどわかしをしてのける者の一人ではないか、と屋敷に来るたびに勘兵衛たちや徒目付づきの小者があとをつけていったが、すべて堅気の者だった。

屋敷に出入りする商人たちが、荒事を平気でやれる連中と知り合いであることも考えられたが、誰もが善良そのもので、そんな者どものことは存在すら知らないのでは、と思える者ばかりだった。

泰代はときに供を連れて他出することもあったが、それも着物を買いに出るのがせいぜいで、依頼したと思える連中と結びつけられそうな動きをすることは一切なかった。

張りつきはじめてから七日がたち、ちがうのか、と勘兵衛たちが思いはじめた昼の八つすぎ、島岡家のくぐり戸がひらいた。

「出てきたぞ」

泰代だった。いつもの年老いた中間を一人連れている。

「どこへ行くのかな」

窓から見おろして、修馬がつぶやく。

を行っている。

気づかれないように一町ほどの距離を置く。行商人の格好をした小者は半町ばかり前

勘兵衛たちは小者を二人連れて、長屋門を出た。

「とにかく修馬、あとを追おう」

「また買い物かな」

「おい、勘兵衛」

はるか前に見える二人連れに目を当てたまま修馬がいった。

「方向がちがうな」

その通りだった。これまで二度、泰代は他出しているが、その二度とも買い物で、屋敷を出てすぐに右に道を取り、神田界隈や日本橋のほうまで足をのばしていたのだ。

今日は左に出て、筋違門《すじかい》につながる道を歩きはじめている。

筋違門を抜け、筋違橋を渡る。火除広道《ひよけひろみち》を西へ向かい、神田明神の前を通り抜けた。

神田明神はさすがに参拝客でにぎわっている。どこか在所から江戸見物に来たらしい者たちが、鳥居のそばで騒ぎ合っていた。

喧嘩でもしているように見えたが、どの顔も笑いで一杯で、荒っぽい言葉をつかうところからやってきたのだろう。

そのまま泰代は歩き続け、本郷までやってきた。

そこは寺がいくつかかたまっている場所で、泰代と供の者は、とある寺の山門をくぐっていった。

先行している小者が山門のほうに鋭い眼差しを送り、それから勘兵衛たちのほうへ駆け戻ってきた。

「覚然寺《かくねんじ》という寺です。供の者は山門脇で待っています。奥方は本堂に入ってゆきました」

ご苦労だった、と修馬が小者をねぎらう。

「勘兵衛。覚然寺というと、島岡家の菩提寺だな」

確かめるまでもなかった。とうにそのことは調べてある。住職は戒雲《かいうん》といい、頭を徹底して磨きあげているらしく、飴《あめ》でものばしたように光沢があることまでわかっていた。

「ここかな」

修馬はここが泰代が依頼をした場所ではないか、ときいている。

「おそらく」

そうなのではないか、と勘兵衛は直感していた。

「ひそんでもらうか」

修馬が声をひそめて提案した。

「それがよかろう」

修馬が、勘兵衛たちと一緒に歩を進めてきた小者を見つめる。

「頼む」

はっ。一礼して小者は山門まで走り、そのあとは参詣《さんけい》する者のようになにげない顔をして山門をくぐっていった。

勘兵衛たちが覚然寺の斜向《はすむ》かいに位置している寺の境内に入ってから、四半刻ほどが経過した。

行商人の格好をした小者が、山門のところで覚然寺を見張っている。

その小者がふと右手をあげた。

「帰ってきたようだぞ」

勘兵衛はいい、修馬と山門へ足を運んだ。

もう一人の小者がちょうど境内を横切り、駆け寄ってきたところだった。

「どうだった」

間髪《かんはつ》を容《い》れずに修馬がたずねる。

「奥方は住職と話していました」

小者は本堂の床下にひそんだのだ。

「最初は時候の挨拶程度でしたが、最後は後金のことを話しておりました」

「後金か」

やはりそうか、と勘兵衛は思った。まちがいない。ここで泰代は依頼したのだ。やった、という気分だった。ようやく地道な探索が実を結んだのだ。うれしくてならない。

修馬も笑みを見せている。その顔を見て、勘兵衛は表情を引き締めた。

「修馬、笑っている場合ではないぞ」

「ああ、そうだな」

小者の一人に、城へ走ってもらった。


半刻後、麟蔵が四名の徒目付と一緒にやってきた。使いにやった小者は、麟蔵のうしろについている。

麟蔵は、覚然寺の山門の前で勘兵衛から話をきいた。

「泰代どのはどうした」

「すでに帰りました。修馬がついていっています」

「そうか」

麟蔵が山門から本堂をにらみつける。夕方のつとめなのか、読経の声が流れだしている。戒雲の読経はたいしたもので、まさにしらべ、というべきものだった。

それがあたりに漂っている靄《もや》にまじり、幽玄な雰囲気を醸しだしていた。江戸の町なかにいる感じがしない。

「勘兵衛、今すぐ戒雲をとらえよ」

麟蔵が幽玄さを破るように命じる。

「よろしいのですか。寺社奉行にうかがいを立てずとも」

「かまわぬ。あとで了承は得る」

勘兵衛は覚然寺の境内に走りこんだ。うしろを同僚と小者たちがついてくる。

覚然寺は、外から見ていたよりだいぶ広かった。建物も、庫裏《くり》や経堂などいくつか見えている。さすがに大身の旗本の菩提寺だけのことはあった。

勘兵衛は石畳の上を駆け、階段をのぼった。格子のついた扉をひらく。

正面に、きらびやかな金色で飾られている本尊が安置されている。細い目とまともに目が合った気がした。

咎められている気持ちはなかった。雪駄を脱いだ勘兵衛は一礼してから本堂内を進み、振り返った戒雲の前に立った。

この男がこれまで調べてきた何件かの事件に関わっているのだ。勘兵衛は我知らずにらみつけていた。

「どなたですか」

うわずった声できく。目もおどおどしている。その瞳で勘兵衛を見、うしろにいる同僚たちも見た。

「当寺には金目の物はありませんよ」

ごくりと唾を飲んでからいった。

勘兵衛は名乗った。

「御徒目付どのですと。どうして」

かすかにほっとした色があらわれたが、すぐに別の色が顔に出てきた。

勘兵衛には、どうしてばれたのか、という思いに見えた。

戒雲はその思いを見抜かれまい、と必死に表情をなにげないものにしようとつとめていた。

「ききたいことがあります。お城まで一緒にいらしていただきたい」

「ききたいこととというと、どのような」

「それは殿中にて」

小者に手を振り、戒雲を立ちあがらせた。

「やめてください。どうしてこのような無体をするのです」

戒雲が小者の腕を振りほどこうとする。意外に大柄で力があり、小者たちは振りまわされている。

ただし、戒雲は剛力なだけで、武術の心得などまるでないのがその姿からわかった。

こういう者が果たして本当にこれまでの件に関わっているのか、という疑いが浮かんできたが、ここはとにかく引っ立てるしかなかった。

勘兵衛は一歩二歩踏みだし、暴れている戒雲の前に立ち、ごめん、といいざま拳を突き入れた。

うっ、という声とともに戒雲が腹を押さえる。いっぺんにおとなしくなった。

「縄を打て」

勘兵衛が命じると、年かさの小者があっという間に戒雲に縛めをした。

「よし、連れてゆけ」

その言葉に、戒雲が呆然と顔をあげる。

「いったいどうして……」

つぶやき、小者たちに引かれるように本堂を出てゆく。

いったいどうして、のあとが「こんな真似をするのか」なのか、「ばれたのか」なのか、勘兵衛には判然としなかった。

三

取り調べにつかっている部屋は、徒目付の詰所の左側にある。

麟蔵自ら戒雲の取り調べを担当すると思われたが、命じられたのは勘兵衛と修馬だった。

「よろしいのですか」

修馬が麟蔵にきく。

「やれ。自白させろ」

「わかりました」

勘兵衛たちは襖をあけ、取り調べの部屋へと足を踏み入れた。

戒雲は正座していた。おびえた目をしている。一応、火鉢は置かれており、部屋のなかはあたたかかったが、戒雲はそれ以上の汗をかいていた。

つるつるの頭から汗がわきだしているのか、額や頬はびしょびしょで、袈裟《けさ》も濡れはじめていた。夏の日盛り、遊びに熱中している子供でもここまではかくまい。

まだ縛めはされたままで、小者が二人、そばについていた。

「縄を解いてくれ」

勘兵衛は命じた。小者が手際よく縄を取る。戒雲はほっとした顔をしたが、すぐに手首を痛そうに見た。

「もういいぞ」

ご苦労だった、とねぎらうと、二人の小者は辞儀して部屋を出ていった。

「さて御坊」

静かに襖が閉じられるのを待って、修馬が呼びかける。

「島岡家の泰代どのからなにを頼まれた」

戒雲が首を振る。汗が畳に散った。

「拙僧はなにも頼まれておりません」

「嘘だな」

「嘘だなんて。いったいどうしてそのようなことを」

「旗本の高井家に、彩菜どのという娘御がいる。知っているか」

「いえ」

「あんた、この娘御のかどわかしに関わっているな」

「とんでもない」

「かどわかしたあと、殺したのか」

「滅相もない。拙僧はやっておりません」

「それは、殺しはやっておらぬという意味か。かどわかしはしたんだな」

「しておらぬ」

戒雲が声を荒らげる。

「いったいなにを証拠にそんなことをいうのだ。帰らせてもらう」

立ちあがろうとしたが、勘兵衛がずいと前に出ると、あっという顔をしてあきらめた。

「御坊、金に困っているそうだな」

「諸式が値あがりしている今、金に困っておらぬ者がいたら顔を見たいわ」

勘兵衛を憎々しげに見つめる。

「きさまも金に困っているだろう、といいたげな顔だな。困ってはいるが、犯罪に走ろうとは思わぬ」

「わしだって同じよ」

「拙僧からわしになったか。地が出つつあるのかな。金に困って彩菜どのをかどわかし、殺したのか」

「そんなことはしておらぬ」

「だったら誰がやった」

一瞬、戒雲は口をひらきかけた。すぐに思い直す。

「知らぬ」

「ま、よかろう。御坊、おぬしは彩菜どのだけでなく、岩永助四郎どのの一件にも関わっているな。だけでなく、俺のにらみでは、本八屋という金貸しの失踪とも無関係ではない」

「いったいなにをいっているのか、さっぱりわからぬ」

「このままだと、すべての罪をあんたが背負ってあの世に逝くことになるぞ。それでもいいのか。戒雲さん、あんただけでなく、ほかにも仲間がいるのはわかっているんだ」

戒雲は唇をぎゅっと引き結んでいる。もうなにも話さぬ、といいたげだ。

「だんまりか。そんなことをしても無駄だ」

修馬が戒雲の袈裟の襟元を両手で持った。ぐいと絞めつける。

戒雲が息のつまった顔になった。助けを求めて勘兵衛を見る。

勘兵衛が冷ややかに眺めているのを見て取り、戒雲の瞳に絶望めいたものがよぎっていった。

「八郎左衛門をどこへやった」

修馬はさらにきつく絞めている。

「し、知らぬ」

戒雲の顔が血でも噴きだしそうに真っ赤になってきた。このままにしておくと、本当に殺しかねない。

「修馬」

勘兵衛は修馬の肩に手を置いた。それでもしばらく修馬は力をゆるめなかった。

「修馬」

やや声を高くしていうと、ようやく手を放した。

戒雲はどしんと尻から畳に落ちた。手で喉を押さえ、はあはあ、と荒い息を吐いている。

「戒雲さん」

息が落ち着いてきたのを見計らい、勘兵衛は呼びかけた。

「おぬしが駄目なら、泰代どのにきくまでだ。泰代どのは女だ。こちらも手荒な真似はせぬが、すぐにぺらぺらとしゃべってくれるだろう」

戒雲はうなり声がきこえそうな表情をした。口許《くちもと》を嚙み締めるようにゆがめた。

修馬が一歩前に出た。

「御坊、さっき証拠を見せろっていったな。証拠というのは残念ながらない。ところで、後金というのはなんのことだ」

「えっ」

どういうことだ、という表情が浮かぶ。なぜ目の前の徒目付がそのことを知っているのか、必死に考えている。

「きかれたんだよ、本堂での泰代どのとの会話をな。壁に耳あり障子に目あり、という言葉を知らぬわけではあるまい」

戒雲は呆然と口をあけている。

「殺しの報酬だな。彩菜どの殺しを泰代どのから頼まれた。それでまちがいないな」

戒雲は目玉が飛びだしてしまうのでは、と勘兵衛が思うまで、目を大きく見ひらいた。息をつき、なんとか平静を取り戻そうとしている。

「わしはなにもしておらぬ」

「まだいうのか」

修馬の声には、かすかにあきれの響きがある。勘兵衛もそのしぶとさに驚きを隠せない。

「ただ仲介しただけだ」

ふと戒雲がつけ加えた。

「どういうことだ」

「だから組の者がいて、その者に仕事がある、と拙僧はいっただけだ」

「組の者とは」

「依頼を受けて人をかどわかし、殺すのを目的にした組だ」

そういう組だったのか、と勘兵衛は心中、驚きを隠せなかった。

「そんな連中とどこで知り合った」

顔を突きだして修馬がたずねる。

「ある夜、寝ているところに一人の男があらわれ……」

それで誘われたのだという。

「金か」

「仕事を仲介するだけで仕事料の一割をもらえるということだったので……」

泰代の仕事料は百両だったとのことだ。

江戸には寺が多く、覚然寺だけでなく、どこも内情は苦しいときく。戒雲にとって、口利きをするだけで十両というのは、決して少なくない額だったのだろう。

「おい、戒雲」

修馬が呼び捨てにする。

「泰代どのの仕事がはじめてだったのか。ほかにも仲介しているんじゃないのか」

「とんでもない。あれがはじめてです。嘘じゃありませぬ。信じてください」

「いいだろう」

修馬が凄《すご》みを感じさせる声でいう。

「ところで戒雲、組の者とつなぎを取るときはどうしていたんだ」

四

「よし勘兵衛、修馬」

詰所に戻り、顚末《てんまつ》を報告すると、文机から麟蔵が顔をあげた。

「泰代どのも押さえろ。ただし、騒ぎを大きくして、組の連中にさとられるなよ。二人とも気づかれぬようにやれ」

城の外に出ると、すでに真っ暗だった。冷たい星の瞬きが空一面にちりばめられている。月はどこにも見当たらない。

星明かりだけで十分道は行けたが、提灯をつけねば歩行はできない決まりになっている。

修馬が小田原提灯に火を入れる。勘兵衛たちは歩きだした。

風はないが、底冷えがしている。自然、急ぎ足にならざるを得なかったが、顔に触れる大気は切れるように冷たく、勘兵衛は頰をなでさすりながらの道行きになった。

「女をとらえるのか。あまりいい気分ではないな」

「仕方あるまい。これも仕事だ」

神田駿河台に着き、閉めきられている門の前に立つ。あたりに人影がなく、人の気配がないのもしっかり嗅ぎ取ってから、勘兵衛はくぐり戸を叩いた。

長屋門になっている右手の上のほうに小さな窓があるが、そこが音もなくあいた。門番をつとめている男が顔をのぞかせる。

修馬が低い声で身分を告げた。一度この屋敷は訪れているが、この門番が勘兵衛たちの顔を覚えているとは思えない。

「ご用件は」

修馬が泰代に会いたい旨を伝えた。

「奥さまにですか」

「ああ、話をききたいんだ」

「このような刻限にでしょうか」

もう五つをとうにすぎているだろう。

「緊急の用件でな。どうしても会わねばならぬのだ」

「わかりました」

くぐり戸があく。

勘兵衛と修馬は島岡屋敷に入りこんだ。門番と一緒に玄関に行く。

門番がなかの者を呼ばわる。

なかに招き入れられた勘兵衛たちは客座敷に膝を並べて座った。

夫の京右衛門にともなわれて、泰代がやってきた。

「いったいどういうことですかな」

向かいに腰をおろした京右衛門が抗議の声を発する。

「こんな刻限というのは、いくら御徒目付どのといえども無礼ではないか」

「ごもっとも」

修馬が穏やかに頭を下げる。

勘兵衛もならう。顔をあげる際、ちらりと京右衛門の隣に正座している泰代に目をやった。

感情をなくしたような表情で、かすかに目を落としている。

「しかし急を要する用件でして」

「その用件とやらをはやくおっしゃりなされ」

その言葉を受けて修馬が姿勢をあらためる。

「奥方を引っ立てにまいりました」

「なんだと」

怒声をあげて京右衛門が片膝を立てた。

なにがあったか修馬があくまで冷静に説明する。

泰代の顔色が変わってゆく。血の気が引き、青さを通り越して白くなった。

「まことなのか」

京右衛門が妻に向かっていった。

「本当に、そなたはそのようなことに関わっているのか」

泰代はうつむいたまま答えない。

「どうした、泰代」

その京右衛門の言葉が合図となったかのように、ぽたりとしずくが畳に落ちた。

「本当なのか……」

泰代を見つめたまま京右衛門が絶句する。

「島岡どの、奥方を預からせていただきます」

京右衛門を見据えて修馬が静かに宣した。

「泰代どの、まいりましょうか」

勘兵衛と修馬は相次いで立ちあがった。修馬が襖をひらく。

京三郎が立っていた。そこにいることを勘兵衛はとうに知っていたから、驚きはない。

京三郎は驚きを顔に貼りつけている。

「母上、それがしのために本当にそのような依頼をしたのですか」

泰代は答えない。目を逃れるように顔を伏せ、京三郎の横をすり抜ける。

「母上っ」

悲痛な声が響いたが、泰代はわずかに肩を震わせただけだった。

女を責めるのはつらかったが、そんなことはいっていられない。

ほんの一刻（二時間）ほど前、戒雲を取り調べた部屋に今は泰代がいる。

「私が頼みました。すべて息子のためです」

殿中まで連れてこられたことで覚悟がついたのか、それとも夫や子のいないところに落ち着いたことでほっとしたのか、泰代ははっきりといった。

「彩菜どのはきれいですけれど、京三郎にはふさわしくありませぬ。京三郎は、もっといい家の娘をもらっても不思議ではありませんから」

「泰代どの」

修馬が声に憐《あわ》れみをにじませていう。

「これで京三郎どのの立身出世の見こみなど消え失《う》せましたよ。将来、京三郎どのが公儀の要職につく日は二度とやってこぬでしょう。それだけでなく、島岡家はいったいどうなることでしょうか」

今さらながらそのことに気づいたとでもいいたげに、泰代がびっくりしたように修馬を見る。

顔が青く、唇はすでに紫になっている。その唇が動き、か細い声が発された。

「……改易でしょうか」

十分すぎるほどあり得るな、と勘兵衛は思った。仮に改易をまぬがれたとしても、大幅な減知が待っているだろう。

その後の調べで、これまでも泰代はいろいろな相談を戒雲に持ちかけていたことがわかった。別に男女の仲というわけではなかった。

逆にそれだけに、かなり突っこんだ相談もできたという。

そして、京三郎が養子に入る家に対する不満、妻になる者への心のわだかまりを泰代が話しているうち、でしたらこういう仕事をする者がおりますよ、と戒雲がひそやかにいってきたというのだ。

もちろん、最初は本気にできなかったし、話にのるつもりもなかった。

だが、金さえ積めば確実にできるといわれ続けているうち、泰代は彩菜という娘をこの世から消し去りたくてならない、という気持ちがつぼみのように徐々にふくらんでゆくのを感じた。

はじめてその話をきいたときから十日後には、お金をだせばすぐに取りかかってもらえるのですね、とまで問うようになっていた。

仕事料の百両はいくら三千石の旗本の奥方でもおいそれと用意できる額ではなかったが、もともとが家つきの娘で、娘の頃から貯めていた金も合わせ、なんとか捻出《ねんしゅつ》することができた。

「でもきっと誰が京三郎の妻になるとしても、私は同じことをしたのでしょう」

泰代は涙を見せていった。

「ここに連れてこられてはじめてわかりました。京三郎を私の知らぬ女に取られるのが、結局はたまらなくいやだったのです」

五

白い布きれが悄然と垂れている。

どんよりとした曇り空で、日はとうにのぼっているのだが、あまり明るくはなってこない。風はときおり、小鳥のさえずりに負けんとするかのように梢《こずえ》を騒がせてゆく。そのときだけ白い布はかすかに揺れるが、風がやむと、またうなだれるように棹《さお》に力なく巻きつく。

氷が張るほど冷えてはいないが、それでもじっとしていると震えがくるほどの寒さに勘兵衛たちは包まれていた。

白い布が巻きつけられた棹は、覚然寺の山門のすぐそばに立てられている。

勘兵衛たち徒目付衆は、参詣客にも姿を見られないようにひそんでいた。

白い布を巻いた棹。これが戒雲と組の者とがつなぎをとる方法だった。

泰代のときに戒雲ははじめてやったらしいが、そのときは当日の夜に組の者があらわれたという。

じりじりするようなときのすぎ方だった。

勘兵衛と修馬は、戒雲が暮らしていた庫裏の背後の木立にひそんでいた。

ただでさえ陽射しがない上に、勘兵衛たちのいる場所はひどく寒く、冷たい地面に膝をついてじっとしているのはつらいという一言でしかなかった。

修馬が何度となく勘兵衛に話しかけようとするそぶりを見せたが、その気配を感じて勘兵衛が厳しく首を振ると、寂しそうな横顔を見せて口を閉じた。

話すことで寒気と退屈を紛らわそうという気持ちはよくわかったが、もし万が一、組の者に話し声をきかれたら、それでもうこの待ち伏せ策は終わりだ。

それでも、ときおり立ちあがり、足や腰の筋をのばしておかないと、いざというとき役に立ちそうにない。体がかたまってしまっては、戦うことはまずできない。

勘兵衛と修馬は順番に立っては、筋をのばした。

あとは指だ。指もよくもみほぐしておかねばならない。

指がかじかみ、長脇差をうまく握れないなどということは避けなければならなかった。

「おい、勘兵衛」

夕暮れが近づき、寒さがさらに厳しくなったとき、我慢がきかなくなったかついに修馬が言葉を発した。むろんささやき声だ。

「黙れ」

勘兵衛は小声で叱った。

「大丈夫さ。こんな声をきき取れる者はおらぬ」

「お頭はどうだ。今もこの声がきこえているかもしれぬぞ」

「いや、いくらお頭でもこの声は届いてはおるまい」

勘兵衛は無視し、黙りこんだ。

「勘兵衛、来るのかな」

そのことはこれまで何度も考えた。半々だろう、という気持ちがしている。

麟蔵を入れて全部で十五名の徒目付が、境内の各所にいる。

その気配を果たしてさとられていないだろうか、という危惧があった。

「勘兵衛、答えろ」

勘兵衛はこれも無視した。修馬も仕方なさそうに口を閉ざした。

日が暮れてゆく。いつしか空からはすっきりと雲が取れていた。橙から紫に空の色が変わってゆく。

やがて最後まで見えていた残照も、炭の火がしぼむように消えた。空は黒一色になり、変わって星の瞬きが見えはじめた。それにつれて、身を締めつける寒さが増してきた。たまらない寒さだった。火がほしくてならない。足先が痛いほどにしびれている。ここにがんがんに焚《た》かれた火鉢を持ってきてくれるというのなら、勘兵衛は一両払っても惜しくなかった。

やがて足のほうは感覚がなくなり、上体までもが冷えはじめているのがわかった。手でごしごしと腕をこすったが、効き目は一瞬にすぎず、それに思った以上の音が立って、勘兵衛はやめざるを得なかった。

ここはただ、じっと寒さに耐えるしかなかった。勘兵衛は、ぬくぬくとした座敷に正座してときがすぎるのを待った書院番の頃を、なつかしく思いだした。徒目付になるなど、とんでもないまちがいをしでかした気がしてきた。

深夜、四つをすぎた頃だ。

遠くから梟《ふくろう》の声がきこえてくるだけの深閑とした境内に、勘兵衛はかすかに風が吹いたような気がした。

勘兵衛は静かに立ち、足の筋をのばした。指をさらにもみほぐす。

「勘兵衛、来たのか」

修馬が唇をかすかに動かしてきく。闇に目が慣れ、修馬の顔はぼんやりと夜に浮かんでいるように見える。

「おそらく」

蚊の鳴き声より小さく勘兵衛は答えた。

「そうか」

修馬の顔に喜色がみなぎってゆく。

「苦労して待った甲斐《かい》があったな」

「どうやら山門近くの塀を乗り越えたように思える」

「一人か」

「そうだ」

「となると——」

修馬がそちらの方向へ目を向ける。

「戒雲が庫裏で寝ていると思っている以上、お頭の見こみ通り、そいつはこちらにまわってくるな」

勘兵衛は長脇差の鯉口《こいぐち》を切った。まっすぐこちらに向かってくる気配をさらに強く感じている。

おそらくほかの徒目付たちもすでに影のことには気がついているのだろうが、勘兵衛が打ち倒すまで手をだすな、と麟蔵にいわれている。

影がふと、木立を縫うようにあらわれた。勘兵衛は身を低くし、影の目から逃れるようにした。背後の修馬も同じだ。

勘兵衛は長脇差を握り締めた。影は庫裏の裏から侵入しようとしている。

あと半間《げん》（約九十センチメートル）、近づいてきたら長脇差を振りおろすつもりでいた。

影が間合に入る。庫裏のほうを気にしている。

勘兵衛は無言の気合をこめて、振りあげた刀を胴に打ちこんだ。はやさが十分にのった一撃で、決してよけられない自信があった。

だが、存分に伝わってくるはずの手応《てごた》えはまったくなかった。信じられないことに、影はうしろに下がって軽々とかわしたのだ。

「やはり罠《わな》だったか」

そうつぶやくのがきこえた。この物々しい気配をさとっていたのか、それとも覚然寺にやってくる前、すでに異常を感じていたのか。

いずれにしろ、異様な勘の持ち主だ。

それに剣の腕もたいしたものだ。勘兵衛の不意を衝いた斬撃《ざんげき》をあっさり避けられる者など、そうはいないはずだ。

影が庫裏の裏を飛びだした。

勘兵衛は追った。

「おのおの方っ」

修馬が叫ぶ。その声に応じ、ほかの徒目付たちも影の行く手をさえぎったが、影はまるで小鼠《こねずみ》のように動いて徒目付たちのあいだをすり抜けていった。

十名以上を以《もっ》てしても、まったくとめられなかった。

あっという間に塀を乗り越え、影は夜の闇のなかに消えていった。

勘兵衛も続いたが、地面に足を着いたときには影を見失っていた。道のどちら側に逃げていったのか、それすらもわからない。足音はまったくきこえなかった。

何者だ。

勘兵衛は呆然として思った。影は覆面をしていた。体つきはずんぐりしているように見えたが、まさかあれだけの敏捷《びんしょう》さを秘めているとは思わなかった。

勘兵衛はしくじりを認めるしかなかった。これで、組の連中にこちらが気づいていることを教える結果になった。

「勘兵衛」

道をこちらに近づいてくる人影があった。

「気にするな」

それだけいって、麟蔵はその場を去っていった。闇に溶けつつある背中が勘兵衛を励ましてくれているようだ。

勘兵衛は顔をあげ、決意をかためた。

次はしくじらぬ。きっととらえてやる。

六

寝息がきこえる。

隣の布団で寝ている美音のものだ。規則正しく、穏やかだ。

美音を抱いたあと、勘兵衛は目をつむったが頭が冴えて眠れなかった。

ほの暗いなか、ぼんやりと見えている天井をじっと見続けていた。

どうすれば、やつらをとらえられるか。

勘兵衛は目を閉じ、寝返りを打った。横向きになると、美音の顔が見えた。高い鼻の線がとてもきれいだ。

つまみたくなったが、今はそんなことをするときではないし、美音を起こしても悪い。

勘兵衛は再び仰向けになり、天井に目を向けた。

彩菜は、京三郎の母泰代の依頼で失踪させられたことがはっきりした。

助四郎の失踪はどうなのか。これまで彩菜の目くらましとして助四郎が選ばれたにすぎぬ、と考えてきた。

だから、やつらは二人が駈落した、という噂をばらまいたのだろう。

だが、果たして本当に助四郎の失踪は彩菜の目くらましにすぎないのだろうか。

二人を結びつける者は、今のところお花の師匠の輝江だけだ。彩菜は弟子で、助四郎は輝江の死んだ弟の道場仲間。

彩菜と助四郎。二人のつながりはこれ以外ない。これまでさんざん調べてきたから、このことにまちがいないのを勘兵衛は確信している。

なにも関係がないから、組の連中も徒目付の調べが進んでいることを知り、駈落という噂を流したのだろう。いや、流さざるを得なかったというべきかもしれない。

助四郎の失踪には、なにも理由はなかったのだろうか。

彩菜と同じように、誰かが組に依頼したということは考えられないだろうか。

でなければ、大身の旗本の三男を、わざわざ失踪させるわけがないと思うのだ。

勘兵衛は静かに上体を起きあがらせた。やはり助四郎の失踪を依頼した者がいる。そういう確信に至った。

誰が依頼したのか。

しばらく頭を抱えるようにして考えた。こんなときだが、自分の頭に触れてみて、本当に大きいのがよくわかった。

横で美音が身じろぎした。目をあいている。

「眠れぬのですか」

「ああ」

「事件のことで」

「そうだ」

「今日、なにかしくじりでも」

勘兵衛は、さすがに我が妻だな、と思った。

「顔に出ていたか」

「ええ、はっきりと」

美音が微笑する。

「あなたさまが私に心配をかけぬようにしておられるのは、とてもうれしゅうございました」

「下手人を取り逃がしたんだ」

勘兵衛をじっと見ながら美音が起きあがる。

「もう落ちこんではおられぬようですね」

「今はその事件のことを考えていた。いつまでも下を向いてはいられぬ」

「なにかわかりましたか」

「うん、だいぶな」

勘兵衛は体が冷えてきたのを感じた。

「寒いな。美音も布団に戻れ」

勘兵衛は布団にもぐりこんだ。

「そちらに行ってもよろしいですか」

勘兵衛が布団をひらくと、美音はすばやく入りこんできた。

美音の体はあたたかかった。抱き締めると、勘兵衛はほっとするものがあった。

また抱きたくなったが、美音に話すことで、事件解決の示唆が得られるのでは、という気がした。

ただし、相手が美音とはいえ、どこまで話していいのかわからなかった。

腕のなかで美音が動き、こちらを向いた。

「なにかお話ししたいことが」

勘兵衛は美音の瞳を見て、うなずいた。

「ある部屋住みの若者がいなくなった、と仮定しよう。いいか、あくまでも仮定の話だからな」

「よくわかっております」

美音がこくりとうなずいた。

「さて、おそらくその部屋住みは自分から姿を消したわけではない。何者かによって、かどわかされたのでは、と考えられる。その何者かに依頼した者がいる。依頼した者は、その部屋住みをどうして失踪させたかったのか」

美音が小首をかしげた。

「部屋住みのお方は剣の腕は立つのですか」

「いま一つといったところだな」

「でしたら、男の人が依頼したわけではないのではありませぬか」

「依頼者は女だというのか」

「部屋住みのお方がいなくなったとなれば、依頼した人のほうも武家と考えるほうが自然ですよね」

助四郎の身辺を調べた限りでは、あの音羽という飲み屋以外、ほとんど町人とのまじわりはなかった。助四郎が町人にうらみを買ったとは考えにくい。

「もし依頼したのが男の人だとしたら、よほど自分に力がないか、お金持ちか、のどちらかでしょう」

「なるほど」

島岡家の泰代が彩菜のかどわかしにだした金は百両。助四郎のかどわかしも同じ額だとして、よほどの金がある者でないと依頼はできないが、そんな者が助四郎のまわりにいるだろうか。

女か金持ち。

勘兵衛ははっとした。思いだした。

助四郎の失踪を告げたとき、ひどく驚き、とても悲しそうな顔をした女がいた。

あの表情はなんだったのか、勘兵衛はあのとき引っかかったが、とっくに忘れてしまっていた。

あの悲しみに暮れた表情。あれは、もしや二人ができていたからではないか。

となると、不義ということになる。

別れ話がもつれ、助四郎殺しを依頼した。そういうことなのか。

八百八十石の家で、夫は金貸しをやっている。依頼する金くらい、なんとかなるのではないだろうか。

勘兵衛は寝床を出て、着替えをはじめた。

「お出かけですか」

「ああ。もう八つ（午前二時）をすぎているか。今夜中には戻れぬだろう。あとを頼む」

美音がそっと立ちあがった。

「供をつけますか」

「いや、一人でいい」

玄関まで出てきた美音が、火を入れた提灯を手渡してくれた。

「すまぬ」

勘兵衛は空を見あげた。大気はしんしんと冷えており、星たちは凍りついているように見える。

勘兵衛は提灯を手に歩きだした。これまで二度感じた眼差しを思いだす。

あれはいったい何者なのか。

まさか、ここで襲ってくるようなことはないだろうな。

勘兵衛は背筋に薄ら寒いものを感じ、提灯をうしろにまわした。

勘ちがいにすぎなかった。背後には人っ子一人おらず、闇の厚い壁が立ちはだかっているだけだ。

湯島の飯沼屋敷に着いたのは、およそ半刻後だった。

麟蔵の屋敷は闇にうずくまっており、影だけを見せている。

こんな深夜に麟蔵を訪ねるのははじめてで、どういうふうに訪いを入れようか、勘兵衛は迷った。

仕方あるまい。

がっちりと閉じられている門をひそやかに叩き、麟蔵の耳に届いてくれるのを祈った。

麟蔵の耳が鋭いのは、こういうときのために鍛錬した結果なのでは、という気がした。

門の向こう側に人の気配が動く。

「どなたかな」

麟蔵の声だ。勘兵衛は名乗った。

「勘兵衛か。どうした」

くぐり戸がひらき、麟蔵が顔を見せる。勘兵衛は提灯を消した。

「一つ思いついたものですから」

「それでこんな夜中にやってきたのか。よかろう。入れ」

麟蔵のあとにしたがって、屋敷に入る。玄関横の客座敷に、勘兵衛と麟蔵は腰をおろした。

「しかし勘兵衛、熱心だな」

行灯をつけて麟蔵が薄く笑う。

「今宵のこと、まだ気にしているのか」

「いえ、忘れました。——いえ、忘れておりませぬ」

麟蔵が寒そうに手をこすり合わせた。

「正直だな。火鉢の用意もなくて悪いが、きくぞ。よし、話せ」

七

目をこする。

さすがに眠い。気が張っているからなんとかもってはいるが、一日寝ないでいるというのはきつかった。

歳を取ったかな、と勘兵衛は思った。まだ二十七だが、もう二十七、といういい方もできる。十代とはやはりちがう。

武家屋敷の屋根の向こうが白くまぶしくなったと思ったら、朝日が射しこんできた。幕が取り除かれたように、あたりが一気に明るくなる。

「やっとか」

横にいる修馬が眠たげな目で、正面に建つ屋敷を見つめる。勘兵衛と修馬は、半刻ほど前にここにやってきた。

「よし、行くか」

修馬が勘兵衛をいざなう。勘兵衛はうなずきを返した。

やってきたのは、岩永助四郎の道場仲間である田端伝兵衛の住む屋敷だ。

田端屋敷からは、何人もの人の動く気配が伝わってきた。まな板を叩く音もかすかに響く。味噌汁らしいにおいが漂ってきており、空腹の勘兵衛はかなりそそられた。

ぐう、と腹の虫が鳴いた。いや、勘兵衛の腹ではなかった。

「すまぬな」

修馬が照れくさそうに鬢をかく。

「朝飯を食わずに出てきたのは、久しぶりなんだ」

「気にするな。空腹はお互いさまだ」

修馬が訪いを入れる。

すぐに二人は客座敷に通された。伝兵衛の部屋でいいといったが、御徒目付どのをあのような部屋に通すことはできませぬ、と家の者にいわれたのだ。

「よほど汚いのだろうな」

だされた茶を一口飲んで、修馬がささやく。

「おぬしの部屋はきれいなのか」

「なるほど、人のことはいえぬな」

すぐに伝兵衛が姿を見せた。

「こんなに朝はやくに押しかけ、申しわけない」

修馬が詫びる。勘兵衛も頭を下げた。

「いえ、いいのですが――」

伝兵衛は前に座るやいなやいった。

「助四郎のことがわかったのですか」

「いえ、まだです。助四郎どののことをききに来ました」

修馬が説明する。

「助四郎どのですが、女のほうはいかがだったのです。誰かいましたか」

「それは前にお答えした通りです。いなかった、と」

「助四郎どのが口走ったという女の名はいかがです。思いだしましたか」

「いえ、思いだせませぬ」

「輝江、といいませんでしたか」

これは勘兵衛がいった。

「てるえ、ですか」

どんな字を当てるか、勘兵衛は教えた。

「はあ、輝江どの……」

伝兵衛が考えこむ。ぱしんと膝をはたいた。

「ああ、そうです。その通りです。助四郎が口走ったのは輝江、でした。肌が白くて輝くようで、名の通りなんだ、と自慢げにいっていました」

いったん城に引きあげて、勘兵衛たちはこのことを麟蔵に報告した。

「そうか。勘兵衛の見こみ通り、助四郎と輝江はできていたか。あとは二人に別れ話があったか、あったとして輝江が例の組に依頼したかを明らかにせねばならぬな」

勘兵衛と修馬は、上野不忍池《しのばずのいけ》のほうに寄って一つ調べごとをしてから、今谷屋敷に向かった。

今谷屋敷では、花の稽古の真っ最中だった。午前に教える日と午後に教える日があり、今日は午前の日だった。

さすがにこれを邪魔する気にはならず、勘兵衛たちは一刻ほど間を置いてから出直すことにした。

稽古が終わった頃合を見計らい、再度屋敷を訪問する。

輝江は待っていてくれた。勘兵衛たちは花の稽古が終わったばかりの部屋で、輝江と相対した。

花の香りが充満していて、勘兵衛はやや息苦しいものを覚えた。おそらくそれは花の香りだけでなく、若い娘たちのにおいでもあるのだろう。

「それで、どのようなご用件でしょう」

輝江が勘兵衛と修馬に目を当て、きいてきた。

「助四郎どののことです」

修馬がずばりといい、続けた。

「輝江どのは、助四郎どのとおつき合いがあったのではありませぬか」

輝江はうろたえかけたが、すぐに瞳に力を宿した。

「なにをおっしゃっているのか、私にはわかりませぬ」

「わかるでしょう。輝江どのは助四郎どのと不義の仲だったのでしょう。ちがいますか」

「ちがいます」

厳しい顔で輝江が否定する。

「どちらかがこのままではいけない、と別れ話を持ちだしたことは」

「そのようなことはありませぬ」

「不義の仲であるのは、認めるのですね」

「そんな仲ではありませぬ」

「堀元《ほりもと》という名に心当たりは」

輝江が体をかたくする。頬が赤く染まった。

「知っているようですね。いつもつかっていた出合茶屋《であいぢゃや》です」

これは、田端伝兵衛の言葉からわかったのだ。輝江のことを助四郎が口走る前、伝兵衛は自分がつかう出合茶屋のことをきかれていたのだ。伝兵衛は、上野の不忍池のほとりにある仁志田《にしだ》という出合茶屋をつかっていると助四郎にいったが、堀元というのはその三軒隣の出合茶屋だった。

「我らはここまで調べてやってきたのです。まだとぼけますか。それとも堀元にいって、輝江どのの顔を見てもらいますか」

「けっこうです」

輝江は疲れきった声をだした。

「認めます。私は助四郎どのとそういう仲でした」

「助四郎どのを殺そうと思ったのは、別れ話のもつれですか」

輝江は驚きを顔に深く刻んだ。

「助四郎どのは殺されたのですか」

「なにを今さら。そういう組に、おぬしが頼んだのだろうが」

「頼んでいませぬ。私は助四郎どののことが今も好きですし、失踪したと知って、もう心配で胸が張り裂けそうなのです。私たちの仲はうまくいっていました。別れ話など、二人のあいだで一度も出たことはありません」

切々と訴えるようにいった。

嘘ではない、と勘兵衛は直感した。女は嘘がうまいらしいが、この女は真実を吐露している。

修馬も同じように感じたらしく、助けを求めるような目を勘兵衛に向けてきた。

「いつ助四郎どのと知り合ったのです」

冷静な声で勘兵衛はたずねた。

「ずいぶん昔です。弟のところに助四郎どのが遊びに来たときです。私はまだその頃、この屋敷に嫁いでいませんでした」

何度か顔を合わせ、口をきいているうちに親しくなり、お互い惹かれるようになっていったという。

ただ、知り合って二年後に輝江が今谷家に嫁いで、関係は終わったかに見えたが、輝江の弟の葬儀で再会したとき、二人は逆に燃えあがってしまったのだ。

助四郎がこの屋敷を訪ねてくることは一度もなく、夫の留守中、二人は堀元で逢瀬《おうせ》を重ねていた。

輝江には、助四郎を殺す理由がなかった。これだけははっきりした。

引きあげよう、と勘兵衛は目配せした。修馬がうなずく。

「どういうことだ」

今谷屋敷を出て修馬がうなる。

「輝江どのが依頼者でないとしたら、誰だ」

「女でないとしたら、金持ちだな」

修馬は不思議そうにしたものの、すぐさまさとった。

「夫のほうか」

「おそらくな」

太陽はまだ高い位置にある。ただし、勢いはまるでない。大気は冷たいままで、行きかう人の背筋は丸まり、元気が感じられない。

勘兵衛は、はあ、と息を吹きかけてから手をこすり合わせた。

「よし修馬、金貸しの旦那を調べるか」

「うむ。今度こそ仕留めてやる」

輝江の夫は今谷若之丞《わかのじよう》といい、小普請組だ。無役で暇があるのをいいことに、いろいろなところに金を貸しつけているらしい。

評判では金勘定にはすばらしい才があることがわかったが、剣の腕はさっぱりらしい。もし若之丞が妻の不義を知り、相手の男の命を奪おうとしたら、他者に依頼するしか手がないだろう。

そして、輝江は若之丞の自慢の妻ということだった。

どこへ行っても、妻の美しさを吹聴《ふいちよう》するようなところがあり、支払いを待ってもらうために輝江のことをほめたたえると、実際に期日がのびた者が何人もいた。

「若之丞が依頼したという推測が当たっているとしてだ、いや当たっていると俺はもう確信しているが、勘兵衛、若之丞はどうやって妻の不義を知ったのかな」

「勘かもな。だが、それはじかにきくしかないだろう」

「帰ってこぬな」

若之丞は一日中、取り立てにまわっていて留守にしていた。夕方には戻ってくるだろう、と勘兵衛たちは屋敷のそばで待ち構えているのだが、姿を見せない。

「取り立てに難儀しているのかな」

「かもしれぬ」

勘兵衛が同意したとき、すっかり暗くなった道を提灯がやってきたのが見えた。武家の二人連れだ。

一人は侍だが、着流しの格好をしている。もう一人は中間だ。

提灯は今谷屋敷の前でとまり、供の中間が門番のいる格子戸を叩いた。

「あれだな」

「よし勘兵衛、行こう」

勘兵衛と修馬は風のように道を突っ切り、二人連れに近づいた。

声をかけると、若之丞は驚いたように振り向いた。胸に手をしっかりと当てている。

どうやら物取りの類《たぐい》と思ったようだ。

勘兵衛たちは身分を告げた。

「御徒目付どのがどのようなご用ですか」

目をみはって若之丞がきく。

「岩永助四郎どの殺しの件で、お話をききたい」

修馬が鋭くいうと、闇のなか、提灯の明かりにぼうと照らされた若之丞の顔におびえが走った。

「な、なにをいわれるのです」

闇のなか、声がうわずる。

「話は殿中できましょう。一緒に来ていただけますか」

「馬鹿なっ。いくら御徒目付だからといって、なんでもやっていいことにはならぬはず」

血相を変え、怒鳴るようにいった。

「輝江どのの不義を、どうやって知ったのです」

若之丞に顔を近づけ、修馬がずばりきいた。

「な、なんですと」

若之丞はうろたえ、よろめいた。

「なんのことです」

必死にしらばくれようとした。

「知らぬことはないでしょう」

「いや、あの……」

若之丞は供に泳ぐような目をやった。それで勘兵衛にはわかった。

「こちらの中間が気がついたのですか」

二人ともそろってうつむいた。

八

取り調べの部屋に入れられた若之丞は最初は否定していたが、結局、依頼したことを認めた。

やはり例の組だった。

「どこで組のことを知った」

今谷家の菩提寺の住職だった。ここの住職は若之丞から金を借りていたが、碁敵《ごがたき》でもあり、若之丞とは親しくしていた。

若之丞がなんでも悩みごとを話していたというわけではないが、妻の不義のことはほかに相談できる者がいなかった。

そんなに大きな寺ではなく、この住職まで仲介役にするなど、組の者はかなり手広く寺に依頼を募るようにしてあるようだ。

この寺も依頼者が見つかった場合、山門の下に白い布を巻きつけた棹を差しておく、ということになっていた。

住職が組の存在を知ったのも、覚然寺の戒雲と同じだった。深夜、一人の男が忍んできたというのだ。

この寺の住職も、いかにも金に対して甘そうな男だった。しかも女犯《にょぼん》の禁を破っていた。そのことで脅されてもいたのだ。

組の連中は、その手の住職を見つけるのがとても巧みのようだ。

今回、同じ罠がつかえるとは思えない。さすがにこの前の男は姿をあらわさないだろう。

「なんだ、勘兵衛、寝ているのか」

早朝、詰所に出てきていた勘兵衛は少し寝不足気味で、文机に肘《ひじ》をついて目を閉じていた。

「ちがう。考えごとをしているんだ」

目をひらく気がしなかった。実際、眠くなってしまっている。

「それにしては眠そうではないか。昨夜、励みすぎたな」

「馬鹿をいうな。励んだのは、今度の事件のことだ。夜っぴて考えていたんだ」

「ほう、なにを」

どっこらしょ、といって修馬が隣に座る。

「どうすれば、組のやつらをとらえることができるか、に決まっているだろうが」

「わかったのか」

「いや」

勘兵衛がかぶりを振った。

「なんだ、駄目だな」

修馬が見くだす目をする。勘兵衛は、かちんときた。

「おぬしは考えたのか」

「いや、まったく。考えたところで、なにも思いつかぬ」

情けなさそうに修馬がいった。その正直さに勘兵衛の心はなごんだ。

「そんなことはないではないか。こたびの一件でも、なかなか鋭いところを見せてくれたぞ。お頭もご満足のはずだ」

「そうかな」

「そうさ」

「よし、俺も考えてみよう」

満更でもない顔で修馬が腕を組み、目を閉じた。うつむくようにして考えこんでいる。勘兵衛も目をつむった。

不意に、助四郎の失踪場所に思いが行った。勘兵衛はそのあまりに唐突な感じに戸惑いを覚えた。

そばの修馬の考えがなだれこんできたような錯覚にとらわれる。

いや、錯覚ではないのかもしれない。本当に修馬の考えが、勘兵衛の頭に入りこんできたのではないか。

常に一緒にいて、同じ方角を向いて仕事をしている。おそらく家族より、ともにしているときは長いだろう。

いつしか、心が奥深いところでつながってきたのではないか。こういうことがあっても、決して不思議ではないような気がする。

勘兵衛はそう断じ、修馬の考えに素直にのることにした。

助四郎は、腕は抜群にいいものの、はやっているとはいいがたい音羽という小料理屋の帰路、失踪した。

本当にそうなのだろうか。

あの小料理屋の主人と助四郎が知り合ったくだりを、勘兵衛は思い起こした。

確か、浪人に絡まれた主人を助四郎が助けたというのが、知り合ったきっかけということだった。

あまりに都合がよすぎないか。つくられた感じはしないか。

浪人の一件で知り合ったのはまずまちがいないだろう。

だが、もしその出会いが仕組まれたものだとしたら。

はじめから、あの人けのない小料理屋に助四郎を引きこむつもりでいたのではないか。

となると、と勘兵衛は思った。あの小料理屋の夫婦も組の者ではないか。

「勘兵衛」

修馬が目を見ひらいている。

「わかったぞ」

「俺も同じだ。修馬、かたじけない」

「なんだ、なぜ礼をいう。俺はまだなにもしゃべっておらぬぞ」

「しゃべらずともわかるさ。あの音羽という小料理屋だろう」

えっ、と修馬が目をみはった。

「どうしてわかるんだ、勘兵衛」

すぐさま音羽に対して内偵がはじまった。

勘兵衛たちは顔が知られているので、探索には加わらず、ただ黙って同僚たちの働きを見守っていた。

三日ほどでかなりの収穫があった。

音羽は怪しい者たちがよく集まっている、とのことだ。

「勘兵衛、修馬」

麟蔵が二人を見据える。

「まずまちがいない。あの小料理屋がやつらの巣だ。仕事で儲けた金でいい物を仕入れ、腕のいい庖丁人がうまい物を供している、ということらしい」

そういうことか、と勘兵衛は思った。

「組の者はどうやら七人だ。どれが頭かまだ判然としておらぬが、ほとんど毎日七人は集まってくる。飯を食い、酒を飲んでいる。とにかくとらえろ。逃がすな」

目を怒らせて麟蔵が厳命した。

九

襲撃の刻限は五つ半（午後九時）。

麟蔵がそう決定した。

その刻限まであと四半刻もない。勘兵衛たちは徒目付の総勢をもって、音羽のある牛込若松町に来ていた。

音羽の周囲の武家屋敷にひそんだ。武家屋敷の表門を抜けるより塀を乗り越えたほうが音羽に行くのにはるかにはやく、塀には梯子《はしご》が立てかけられている。

勘兵衛と修馬は鎖帷子《くさりかたびら》を着こんでいる。そのせいで、どことなく身動きがぎこちない。白の鉢巻に白の襷《たすき》をし、股引《ももひき》に半切れ胴衣《どうぎ》、草鞋《わらじ》履きという出で立ちだ。

こんな格好をしたのは久しぶりで、勘兵衛は身が引き締まる思いだった。修馬も凜々《りり》しく見える。

「おい、勘兵衛。その鉢巻は特にあつらえてもらったのか」

「おぬし、よくこんなときにそんな軽口がたたけるな」

「いや、ただ知りたいだけだ」

「おまえと同じ物だ」

「そうか。よく巻けたな」

「当たり前だ。でかいでかいと修馬はいうが、そんなにでかくはないんだ」

「おい勘兵衛、それはいくらなんでも自分を知らなすぎるぞ」

「うるさい、ちょっと黙ってろ」

勘兵衛は町の様子に耳を傾けた。

組の者と思えるいつもの七人は音羽にとうに入っているが、ほかの客も何人かまだ残っている。

刻々と五つ半が近づいているが、その長っ尻の客は小者の報告によるとどうやら四人で、酒をちびりちびり飲んでいるようだ。

勘兵衛たちはじりじりした。その四人はふつうの町人のはずだ。この前いた四人の職人かもしれない。

とにかく巻きこむわけにはいかない。連中の盾にされる怖れがある。

勘兵衛たちは、襲撃の合図をひたすら待った。やつらを一網打尽にするために、四方から音羽に突っこむことになっている。

「勘兵衛、まだかな」

修馬が歯を食いしばっている。

「もう待ちきれぬ。五つ半はとうにすぎているだろう」

「我慢するしかあるまい。我慢も我らの仕事のうちだ」

「わかってはいるが、こうも待たされるといらいらしてくる。それにこの寒さだ。どうにかならぬかな」

「我慢しろ」

「我慢しろっていうが、勘兵衛だってお預けを食わされた犬みたいな顔をしているぜ」

勘兵衛は修馬を見やった。

「お預けを食わされて我慢しているから、こんな顔なんだ」

「なるほど、道理だ」

それからさらに四半刻ほどがすぎた。どこからか鐘の音がきこえてきた。方角としては南のほうか。大気が冷たく澄んでいるためか、音にぶれがなく、明瞭《めいりょう》に耳に届く。

「四つの鐘だな。ところで勘兵衛、このあたりだとどこが時の鐘なんだ」

「さあ、どこだったかな」

勘兵衛は思いだそうとした。

「ああ、あそこだ。市ヶ谷南寺町《みなみてらまち》の月桂寺《げっけいじ》だろう」

「月桂寺か。きいたことがあるな。確か、鎌倉円覚寺《かまくらえんがくじ》の末寺ときいたことがあるぞ」

「ほう、そうなのか。由緒があるんだな」

勘兵衛は音羽のほうに顔を向けた。酔っ払いの高い声がきこえてきた。何人かいるようで、楽しそうな笑い声が重なっている。

「勘兵衛、あれは……」

「おそらく最後までいた町人だ」

笑い声がゆっくりと遠ざかってゆく。近くにいたら、はやく行け、と怒鳴りたくなるくらいゆったりと歩いている姿が目に浮かぶようだ。

勘兵衛はいつでも飛びだせるよう、梯子をつかむ手に力をこめた。梯子の冷たさがじかに伝わってきて、指が痛いくらいだ。

上までのぼってみて、塀の向こうを通る道をのぞきこんだ。

人影は一切なくひっそりとしているが、魑魅魍魎《ちみもうりょう》でも徘徊《はいかい》しているのを示すような
いやな風が一瞬、吹き渡って付近の梢を騒がせていった。

梯子が揺れた。うしろを修馬がのぼってきていた。

勘兵衛と修馬は梯子をしっかりとつかんだ姿勢のまま、じっと合図を待った。

しかし合図はなかなか発されない。

まだか。勘兵衛は唇を嚙み締めた。はやくしてくれ。

うしろで修馬も同じ気持ちでいるのがわかった。梯子がかすかに揺れているのは、貧乏揺すりでもするかのように手を絶えず震わせているからだ。

うっとうしかったが、やめさせるのも気の毒で、勘兵衛は放っておいた。

不意に静寂を突き破って、どんどん、と音がした。太鼓が叩かれている。

「きたぞ、修馬」

勘兵衛は塀にのり、道に飛びおりた。凍りついたようにかたい地面で、その上に寒さも加わって足がひどくしびれた。

勘兵衛は走りだした。背後でどたりという音がした。振り返ると、修馬がこけていた。足を押さえて痛がっている。

「なにをやっている」

勘兵衛は戻り、修馬に手を貸した。

「すまぬ」

勘兵衛の手をがちりと握って修馬が立ちあがり、駆けだす。修馬の手は驚くほど冷たかった。

「修馬、大丈夫か」

横について勘兵衛はきいた。

「むろんよ」

ただ、修馬の顔には脂汗が浮いている。よほど痛いようだ。足をくじいたのかもしれない。

「無理はするなよ、修馬」

「わかっている」

修馬がさらに足をはやめる。

勘兵衛は追い越すことはせず、およそ半町の距離を修馬とともに駆け抜けた。

勘兵衛たちよりはやく音羽の前に着いた同僚は多かった。六名いる。

その者たちはすでに戸に手をかけていた。だが、あけるのに苦労していた。

勘兵衛は思いだした。あの戸はとにかく重いのだ。こういうときのためにわざとそうしてあったのが知れた。

なかに入りにくくすることでときを稼ぐ。ということは、と勘兵衛はさとった。

「修馬、裏に向かうぞ」

いい放って、すぐ横に口をあけている路地に走りこむ。ちらりとうしろを見ると、修馬が足を引きずるようにして走っていた。

「大丈夫か」

「大丈夫だ」

勘兵衛はもうなにもいわないことにした。大丈夫といっているのだから、大丈夫なのだ。

音羽から一町ほど離れた辻《つじ》などの要所には、町奉行所の者たちも来ている。麟蔵が合《ごう》力《りき》を要請したのだ。

七十郎や清吉が来ているかはわからなかったが、手塚がその網に加わっているのはまちがいない。

ただ、自分たちが組の者をとらえない限り、逃げられるのはまずまちがいない。町奉行所の者たちに活躍を望むのは無理だ。

勘兵衛と修馬は音羽の裏手にたどりついた。裏の戸がひらいている。

だっと飛びだしてきた影があった。勘兵衛はすでに抜き放っている長脇差を構えかけたが、それは同僚だった。

同僚も勘兵衛を認めた。

刀の打ち合う音が左手からきこえてきた。闇に沈んでなにも見えないが、意外に近い。

「こっちだ。来てくれ」

そちらから切迫した声がした。同僚の声だ。音羽の裏手を抑える役目の同僚たちだろう。おそらく斬り結びながらそちらに移っていったにちがいない。

勘兵衛は駆けだした。

十間ほどでしかなかった。きん、という音がして夜に火花が散ったのだ。

どん、と鈍い音のあと、つんざくような悲鳴がした。同僚が斬られたのか。

ちがう。倒れたのは組の一人だ。腹を長脇差で打たれたらしく、路上でもだえ苦しんでいる。

勘兵衛が駆けつける前、すでにほかの同僚たちの手で組の者たちは、次々ととらえられていた。

「なんだ、勘兵衛。俺たちの出番がないぞ」

修馬は足をとめ、うなだれるようにして縄を打たれてゆく男たちに目をやっている。

「あと何人だ」

勘兵衛が数えてみたところ、これまでにとらえられたのは六名だった。

「あと一人いるぞ。おそらく頭だ」

勘兵衛は眼差しをあたりに走らせ、周囲の気配をうかがった。

ふと五間（約九メートル）ほど離れた場所で目をとめる。

「どうした、勘兵衛」

そこは一軒家の庭で、生垣の向こう側に誰かひそんでいる気がした。

勘兵衛はすり足でするすると近づいた。あと一間（約一・八メートル）というところまで迫ったとき、だんと地を蹴《け》る音がし、影が跳びあがった。

生垣を越え、一気に勘兵衛に迫ってきた。身のこなしがはやい。

こいつは、と勘兵衛は思った。覚然寺にあらわれた男ではないか。

闇にきらりと光ったのは、脇差だ。むろん勘兵衛たちの持っているような刃引きではない。斬られれば血が噴きだす。

上段からやってきた脇差を勘兵衛は長脇差で弾き返した。

がきん、と鉄同士が激しくぶつかり合い、火花が勘兵衛に降りかかってきた。

一瞬、勘兵衛は男の姿を見失った。うしろにまわられていた。

脇差が突きだされる。勘兵衛はくるりと体をまわして、打ち払った。

男がその強烈な斬撃に、わずかに体勢を崩す。

勘兵衛は思いきり踏みこんで、袈裟に長脇差を振るった。男は右足一本でうしろに跳びすさった。

長脇差が空を切る。勘兵衛は長脇差を引き戻そうとした。

その隙を縫うように男が地を蹴って突っこんできた。

勘兵衛は男の突進を待っていた。八双《はっそう》に構え直した長脇差を、逆胴に薙《な》いでいった。

男はかろうじて脇差で受けたが、衝撃で体がうしろにはね飛ばされた。どん、町屋の壁に背中がつく。

逃げ場を失ったことをさとった男は横に走ろうとしたが、その前に勘兵衛は立ちはだかっていた。

男が、あっ、と声をあげる。勘兵衛のその動きはつかんでいなかったようで、いきなりあらわれたようにしか見えなかったのだろう。

脇差を突きだしてきたが、勘兵衛は余裕を持って右によけ、がら空きの胴へ長脇差を浴びせた。

男は、ぐむう、とうなり、脇差を放り投げた。息がつまったようで、腹を手で押さえ、両膝を地面につけた。

身をよじるようにしてひたすら苦しがっていたが、やがて息が戻ったのか、よだれと汗が一杯の顔を勘兵衛に向けてきた。

疲れきった表情だ。

勘兵衛は男の前に立ち、長脇差の切っ先を突きつけた。

こいつが頭なのか。

体つきはずんぐりしていて、覚然寺にあらわれた男と似ている。

だが、と勘兵衛は思った。この前の男はこんなものではなかった。はるかに腕が立った。

「こいつが頭か」

勘兵衛の横に立ち、修馬がきく。

「ちがう」

勘兵衛は首を横に振った。

「どうしてだ。こいつが七人目だぞ」

勘兵衛はそばに寄ってきていた小者たちに命じた。

「縄を打て」

男がかたく縛めをされる。昂然《こうぜん》と顔をあげ、濁った瞳で勘兵衛を見ていた。

勘兵衛は冷たい目で見返した。

「頭はどこだ」

「俺がそうさ」

憎々しげな口調で男がうそぶく。

ちがう。こいつではない。勘兵衛には確信がある。

だとすると誰か。音羽にいたのは七人。

なにか忘れている気がする。

「とらえたか。そいつが頭か」

一際大きな提灯が近づいてきた。麟蔵だ。

提灯の明かりに、ぬっと浮かびあがった四角い顔を見て勘兵衛は、そうだ、と思いだした。

あと一人いる。麟蔵と同じように四角い輪郭を持つ男。

「音羽のあるじはどうしています」

「店のなかでおとなしくしている。配下が二人でついている」

まずいぞ。勘兵衛はだっと走りだした。

「どこへ行く、勘兵衛」

修馬の声が追いかけてきた。

勘兵衛は、戸がひらいたままになっている店に走りこんだ。足がとまった。

「どうした、勘兵衛。——あっ」

修馬が戸口で声を失う。

同僚の二人が、土間に置かれた長床几の脇に倒れこんでいる。

「殺《や》られたのか」

勘兵衛は一人を抱き起こし、息をうかがった。

「気絶しているだけだ」

体からも血は流れ出ていない。

「修馬、介抱してやれ」

「勘兵衛、おぬしはどうするんだ」

「決まっている。頭をとらえる」

いい捨てて勘兵衛は店を飛びだした。

もし店の女が頭の女房なら、そんなにはやくは逃げられまい。まだそのあたりにいるはずだ。

勘兵衛は最初の辻にやってきた。町奉行所の者たちがかためている。

夫婦らしい二人連れは通していない、ということだ。どころか、まだ一人も通しておりませぬ、とその場をまかされているらしい同心が答えた。

勘兵衛は次の辻に向かった。

そこでも同じだった。

次の辻にいたのは、あの手塚という同心だった。

「よう、久岡どの」

気安い調子で声をかけてきた。

「賊はつかまったのか」

「頭が残っている」

勘兵衛が、夫婦連れを捜している、というと、さっき通したばかりだと手塚がいった。

「どちらへ向かった」

手塚が指さしたのは北だった。

「捜すのか。力を貸すぞ」

「かたじけない。だがけっこうだ」

手塚程度の腕では、下手すると殺されかねない。勘兵衛は頭を下げてから走りだした。

若松町の北側は武家屋敷が多い。いま走っている道の右手は賄方《まかないかた》の組屋敷だし、左手は確か田安《たやす》家や清水《しみず》家の拝領屋敷で、家臣が住まっているはずだ。

組屋敷の敷地が終わり、右手は寺になった。

人影は見えない。あたりは闇に包まれている。

どこかを曲がったのか。だが、曲がれるような辻はなかった。

いや、ちがう。

勘兵衛は足をとめ、通りすぎたばかりの寺を見つめた。山門が夜の厚い幕を通して、ぼんやりと見えている。

やつらは、寺に多くの仲介者を持っていた。逃げる先も寺ではないのか。音羽を捕り手に襲われた際、近場に一息つける逃げ場を用意していないはずがない。

山門のくぐり戸に目を向ける。勘兵衛は向こう側の気配を探った。

人の気配がかすかにあるような気がする。なにか胸を圧《お》すものが感じられた。くぐり戸のそばに頭がいるのではないか。そこで、こちらの気配をうかがっているのではないだろうか。

勘兵衛は鞘《さや》にしまい入れた長脇差に手を置いた。鞘走る音を立てずに引き抜く。

一歩二歩とくぐり戸に近づいた。山門に掲げられている扁額《へんがく》が視野に入る。目を動かして見あげると、星明かりで弘戴寺《こうたいじ》と読めた。

勘兵衛は左手でくぐり戸を押した。

ひらかない。閂《かんぬき》がかかっているようだ。

ここから入るのは無理だ。勘兵衛はあたりを見まわした。

塀が目に入る。別に忍び返しが備えられているわけではない。それにたいした高さがあるわけでもなかった。

勘兵衛は長脇差を鞘におさめ、山門から五間ほど南に走った。塀に手をかけ、一気によじのぼる。

今にも闇の向こうから刀が突きだされるのでは、と塀に足をのせたときが一番怖かった。

幸いにもそんなことはなく、勘兵衛はすぐさま飛びおりた。

地におり立つや再び長脇差を抜き、勘兵衛は山門に寄っていった。

だが、そこに人などいなかった。くぐり戸を調べたが、やはりがっちりと閂がされていた。

この寺ではなかったのか。そんなことをぼんやりと思った。

それが油断だったのかもしれない。背後から剣気が襲いかかってきた。

まずい。勘兵衛は膝が悲鳴をあげるくらい体を低くし、さらに首を思いきり折り曲げた。頭の重みに首が耐えられるか、そんな心配がなぜか脳裏を駆け抜けていった。

わきあがった風が、勘兵衛の首筋から背中にかけて吹き抜けてゆく。勘兵衛は殺られたか、と一瞬覚悟した。

だが痛みはなく、よけきったことを知った。勘兵衛は鋭く身をひるがえした。長脇差を正眼に構える。

目の前に立っているのはずんぐりとした体つきの男だ。紛れもなく音羽の庖丁人だ。

「きさまが頭だったとはな」

勘兵衛は、背筋を流れてゆく粘りのある汗を感じた。

「いやな予感はしていたんだ」

頭がぽつりという。脇差ではなく、ふつうの刀を手にしていた。それが実に自然でさまになっていた。脇差を腰に差している。

「おぬしが店にあらわれたときだ。そのでかい頭を一目見て、俺はこいつを始末したほうがいいのでは、と即座に感じた」

勘兵衛は店に入ったとき、この男が青白い瞳でじっと見ていたことを思いだした。

「殺っておけばよかった、と今では後悔している。だが、ここで殺してもまだおそくはないだろう」

頭が刀を正眼に構え、じりじりと間合をつめてきた。

勘兵衛は機先を制するようにいった。頭の足がとまる。

「きさま、侍だな」

「名はなんという」

「名乗る必要などなかろう。どうせきさまは死んでゆく身だ」

その言葉を合図にしたかのように頭が一気に突っこんできた。

袈裟に刀が振られる。勘兵衛は弾きあげた。そのまま胴に刀を持っていった。

頭は軽やかな足さばきで避け、またも袈裟斬りを浴びせてきた。

勘兵衛はこれも弾き返した。胴に打ちこまれた刀を払い、逆胴に返してゆく。頭はびしっとはねあげ、またも袈裟斬りを持ってきた。

勘兵衛はこれは受けとめた。鍔迫《つばぜ》り合いになった。

四角い顔が目の前にある。瞳が充血していた。

頭は口をゆがめ、目を怒らして勘兵衛をにらみつけている。

間近で見ても、どこかで一度会っているという思いは変わらない。いったいどこでこの顔を見たのか。

にらみ合いに飽きたか、勘兵衛の力をすかすように頭がすっと横に動いた。

勘兵衛は足さばきでついてゆき、ここぞとばかりに胴を狙った。

頭は受けとめかねて、顔をしかめた。左腕の袖のところに深いしわが寄っている。そこに長脇差が入ったのだ。

勘兵衛の間合から逃れるように、頭は三歩ほどうしろに下がった。

あらためて刀を構え直した。痛みに耐えるような表情をしていたが、やがて、妙なつぶやきが漏れてきた。読経に似ている。

いや、読経ではない。なにか秘術の呪文《じゅもん》のように感じられた。

勘兵衛が、なんだ、と見守るうち、靄が頭の手元からわき出てきたように見えた。

勘兵衛は目をみはった。

靄に頭の刀が覆い隠される。

なんだ、これは。

これまでも妙な剣は見てきたが、刀自体が見えなくなってしまうというのははじめてだ。

いきなり頭が近づいてきた。刀が見えない。それ以上に、腕が見えないのが厄介だ。刀の出どころが見えないのだ。

そんなことを思っているうち、靄が一気に眼前に迫ってきた。

勘兵衛はあとずさった。靄が迫ってくる。勘兵衛は刀を振ったが、空を切った。

腕に鋭い痛みを感じた。かすられたのだ。

またも靄が近寄ってきた。勘兵衛は横に動いて刀を払ったが、今度はきん、と鉄の鳴る強い音がした。

次いで、肩のあたりにかすかに衝撃があった。鎖帷子のおかげで斬られはしなかったが、ここまでやられたのは久しぶりだ。

刀と腕が見えないせいで、間合がうまくつかめない。こんなにやりにくい剣ははじめてだ。

また靄が迫る。勘兵衛は靄を見ずに、頭の影に向けて刀を振るった。

刀を簡単に弾きあげられ、鋭く靄が動いた。勘兵衛はあわてて下がったが、しゅっと風を切る音がした。

着物の胸のところをやられた。

ここも鎖帷子のおかげでやられはしなかったが、勘兵衛は狼狽《ろうばい》を隠せない。

くそっ、どうすればいい。

手塚に来てもらうべきだったか。そうすればちがう展開になったはずだ。

いや、ここでそんな繰り言をいってもはじまらない。なにか手立てを考えなければ、生きてこの寺を出られない。

しかしいい手は思い浮かびそうにない。

今は頭がここぞとばかりに一気に攻勢に出てきており、勘兵衛はなんとか受け続けるのが精一杯になっていた。

至るところに傷ができている。体が重かった。足を一歩動かすのも大儀だ。

長脇差の刀身はきれいなもので、傷らしい傷はほとんどない。今のところ、役に立っているとはいいがたい。

頭の刀には血がたっぷりついている。だからといって、斬れ味が鈍るほどの量ではない。

頭が突っこんできた。靄が顔に近づく。勘兵衛は刀で受けとめようとして、これまで何度も斬られかけた。

今度はうしろに飛びすさったが、背中がかたいものに当たり、それ以上下がれなかった。

塀だ。勘兵衛はごくりと息をのみ、頭を見つめた。

勝ち誇った顔をしている。あとはどうとどめを刺すか、それだけを考えているのだろう。

喉が熱かった。息をするのもつらい。それとは逆に、全身がひどい風邪を引いたように悪寒がしはじめていた。血を流しすぎたためだろう。

どうすればいい。勘兵衛は自問した。

だが、やはりなにも出てこない。

まだ生きているのが不思議なくらいだった。

勘兵衛は鎖帷子に感謝した。もし着ていなかったら、今頃はずたずたに斬られていただろう。死骸にされ、それをおそらく修馬が見つけていたはずだ。

そう、まだ生きている。

である以上、勝負を捨てることはできない。美音や史奈に悲しい思いをさせることなど決してできない。

家族のことを考えたら、わずかに体に力が戻ってきたが、それでもいい手立ては思い浮かばない。

頭が動きだした。とどめを刺すつもりだ。靄がゆっくりと近づいてくる。

なんとかしてあの靄の向こう側にまわりこみたいが、そのあたりが弱点であるのは頭もわかっていて、足さばきで勘兵衛の出足を見事に封じていた。

靄か、と勘兵衛は思った。靄の裏に死角があるのではないのか。

そんなことを考えた。あの靄がある以上、やつにも自身の手元や刀は見えていないということだろう。

もしかするとうまくいくか。だがしくじれば、命はない。

いや、このままなら必ず殺される。やるしかなかった。

勘兵衛は覚悟を決め、長脇差の刀尖《とうせん》をあげた。それだけのことをするのに、かなりの力を必要とした。

間合は一間ほどになった。頭の体が沈み、靄が上からおりてきた。勘兵衛はよけず、その靄めがけて長脇差を投げつけた。

どすん、と鈍い音がし、靄がねじれたように下に動いた。長脇差は頭のどこかにぶつかり、刀を取り落としそうになったのだ。

この機会を逃すつもりはなかった。勘兵衛は足を思いきり踏みだした。

靄が横に動き、勘兵衛の左腕を打ったが、そこは鎖帷子が守ってくれた。さすがに衝撃は半端なものではなく勘兵衛はよろけそうになったが、目の前にあらわれた頭の体に組みつこうとした。

頭は左に動き、勘兵衛と距離を取ろうとした。だが勘兵衛はその動きを予期していた。

目の前に見えている脇差を引き抜く。靄が上に持ちあげられる。勘兵衛は膝を地面につけざま、脇差を思いきり横に振った。

ぶつ。骨を断つ音が勘兵衛の耳を打つ。しまった。峰を返すのを忘れた。

だが峰を返していたら、頭に先んじることはできなかった。首を刎《は》ねられていたかもしれない。

ぐむう。うめきがきこえた。

見ると、頭の手元から血がしたたりはじめていた。それがぽたりぽたりと地面に落ちてゆく。

久しぶりにつかった秘剣鷹《たか》の尾《お》だったが、思った以上にうまくいった。鷹の尾は相手の手首を断ち切る剣だが、左手の指を二本ばかり切断したようだ。

おのれっ。怒号して頭は右手一本で刀を振りあげ、振りおろそうとした。だが、先ほどまでの鋭さはもはや失せている。

勘兵衛は落ち着いて峰を返し、脇差を振るった。頭の腹にものの見事に入る。

しびれるような手応えが伝わってきた。脇差でもはやさと重さがあれば、頭ほどの体つきの男でも倒すのには十分だ。

頭は刀を振りおろすことはできなかった。そのまま力なく刀を取り落とした。

勘兵衛をうらめしげに見つめ、一歩二歩と近づいてきたが、三歩目でいきなり横転した。

苦しげに息をつき、体をよじる。嘔吐している。頭は蛇のように身もだえていた。

勘兵衛は頭の刀を蹴った。刀は二間ほど転がって動きをとめた。

「勘兵衛、どこだ」

修馬の声が遠くから響いてきた。

「ここだ」

驚くほど声がかすれていた。

山門を叩く音がした。くぐり戸も激しく叩かれている。

「勘兵衛、あけろ」

さらに激しく叩かれる。修馬の必死さがあらわれている叩き方だ。

勘兵衛はくぐり戸の閂をはずした。勢いよくくぐり戸があく。

提灯が突きだされた。

「おう、勘兵衛、無事か」

「ああ」

修馬だけではなかった。手塚も一緒だった。

勘兵衛の姿を目の当たりにして修馬が眉をひそめる。

「傷だらけだな」

「だが生きている」

「そのようだな。頭は見つけたか」

「あそこだ」

勘兵衛は自らの肩越しに指さした。

「やつは怪我《けが》をしている。血どめをしてやってくれ。でないと命に関わる」

修馬が早足で歩きだす。手塚が続いた。奉行所の中間たちも何人かいた。

「あれ、こいつは」

手塚の驚きの声がきこえた。勘兵衛はそちらに目を向けた。

手塚は、頭の顔を中腰になってのぞきこんでいる。

「久岡さんよ、こいつは為之助だぞ」

「なんだと」

勘兵衛は疲れと痛みを忘れ、歩み寄った。

「本当か」

「俺がまちがえるわけがねえ。ずいぶんと歳を取ったし、太りやがったが……。さんざんいい物を食ってきたんだろう」

本力屋の養子に入り、太郎造と法仙とともにあるじの力蔵を毒殺した男。

「そうか、こいつが為之助か」

確か、もともとは江戸の旗本のせがれとのことだった。剣が遣えるのも道理だ。

もっとも、あの妙な靄の剣は駿府のほうで会得したのかもしれないが。

勘兵衛は為之助の顔をじっと見た。

「そうか、生きていたのか」

会った気がしていたのも納得できた。八郎左衛門から顔つきをきいていて、頭にその像がしっかりと描けていたのだろう。

十

酒が胃の腑にしみ渡ってゆく。

今宵も楽松は客で一杯だったが、勘兵衛と修馬がいる座敷の隅には間仕切りが立てられ、隣の者たちの目を気にせずに飲めた。

もともと楽松の客は静かな者がほとんどだし、隣にいる者をぶしつけな目で見るようなことはないが、やはり徒目付である以上、間仕切りはありがたかった。

「力蔵殺しは、ほとんどが為之助が仕組んだものらしいな」

杯をくいっとあけて修馬がいう。

そのあたりの事情は、勘兵衛もすでに麟蔵からきいている。

別に太郎造を仲間に引きこむ必要はなかったが、金に困っているというので、入れてやったというのだ。

為之助にとって、それが過ちの一つだったかもしれない。

大金を得たことで舞いあがり、太郎造は暮らしがとんでもなく派手になったのだ。

このままでは、探索の手がのびてくるのは必定。為之助としては殺すしかなかった。

その頃、すでに八郎左衛門から太郎造殺しの依頼はあったが、そんなのは関係なかった。

酒を飲もうと呼びだし、泥酔した太郎造を絞め殺した。

遺骸は弘戴寺の墓地に埋めた。これで永久に太郎造に会うことはない。

医者の法仙——殺したときには法徳と名乗っていたが——を始末したのも、八郎左衛門の依頼などとは無関係だった。

殺したのは、八郎左衛門のまわりに徒目付があらわれはじめたからだ。

少し調べてみたところ、どうやら敏腕の徒目付のようで、そのことを為之助は怖れた。

あばかれるのではないか。

為之助の顔と居どころを知っている法仙のことを徒目付に知られる前に殺し、また弘戴寺に埋めるつもりだった。

それに、法仙は人が変わったように名医になっていた。

金に汚い悪人のままだったらまだよかったが、医は仁術を地でいくような医者に成り下がったことに信用が置けなくなった。

うまくいけば失踪に見せられるはずだったが、手ちがいが起きた。これは痛かった。

このことが文字通り、為之助の墓穴を掘ることになった。

八郎左衛門も、弘戴寺に埋められているとのことだ。助四郎と彩菜も同じという。

為之助が小料理屋をやっていたのは、もともと庖丁を振るうのが得意だったからだ。組の配下に、料理を振る舞ってやるのが好きだった。

とらえられてからおよそ半月後、為之助は配下の七名とともに死罪に処せられた。

「商売を広げすぎたのがしくじりだった」

取り調べに当たった麟蔵に、為之助は漏らしたという。

「以前は、一件の仕事に全員で当たったものだった。最近はちがっていた。二人や三人というのが当たり前になっていた。仕事が雑になっていたんだ。手ちがいが起きるのも仕方がねえ」

為之助はさらに続けた。

「世間には、この世から消えてほしいと願う者を持つ者が多いんだよな。仕事が考えていた以上に盛況になりすぎた」

助四郎は音羽に来させた上で、酔い潰して殺した。彩菜は目の前で喧嘩をしてみせ、供の娘がそちらに気をとられている隙にかどわかした。

「彩菜どのを慰んだのか」

麟蔵がきくと、為之助は鋭く瞳を光らせた。

「なめてもらっちゃ困る。こちとら、商売に命を懸けてきたんだ。そんな真似は決してしねえ。配下どもにも許しやしねえ。苦しませねえで殺してやったよ」

脇差で胸を一突きにした、と為之助はいった。その脇差は、勘兵衛に指を二本飛ばされた脇差とのことだ。

これまで為之助たちは、四十件以上の仕事をこなしてきた。別に帳簿をつけているわけではないから、為之助にも正確な数はわからなかった。

こういう仕事をはじめたのは、八郎左衛門がどうやら殺し屋を捜しているという噂を耳にしたのがきっかけだった。

驚いたことに、あの人のいい男が力蔵の仇討を考えているというのだ。なんとも思いきったことをするものだと思った。

最初は八郎左衛門をだまして金だけを奪うつもりだった。三百両くらいは取れるだろう、と踏んだ。

問題は、誰を八郎左衛門のもとにやるかだった。本力屋で奉公をしているときに知り合った者を思いだした。

旗本や大名などの屋敷を流れ歩く中間で、この男は本当の悪《わる》であるのを為之助は見抜いた。七人の配下のうちで、最後に勘兵衛にとらえられた男だ。

為之助は、八郎左衛門を欺く仕事をこの男に依頼した。太郎造は殺したが、このときはまだ法仙を殺す必要はなかった。ただ姿を隠し、居どころを転々とするようにいっただけだった。

うまくいき、八郎左衛門をだますことができた。力蔵を殺して得た大金に、さらに三百両という金が加わった。

だが、この失踪と見せて実は殺す、というのは仕事として意外に金になるのでは、と為之助は考えはじめた。

最初は渡り中間との二人ではじめた。

だが、すぐに注文がぱらぱらと入るようになってきた。

およそ十年ほどで、吹きさらしに集まるごみのようにいつしか配下は七人までになったのだ。

為之助は、勘兵衛の剣の腕もほめたという。

「あの頭のでかい男は強いな。あんな男にははじめて会ったよ。気迫というのか、闘志というのか、とにかくものすごくて、俺はいくらやつの体に傷をつけても勝てる気がしなかった。いつか必ず倒されるのは、刀を振るいながらさとっていた」

人としては最低だが、あれだけの腕を持つ男に認められたことに、勘兵衛はひそかな喜びを覚えた。

鎖帷子のおかげというのもあったが、ふつうの刀と刃引きの長脇差では戦う力がちがいすぎる。

もし真剣を手にしていたのなら、互角以上にわたり合えた自信が勘兵衛にはある。為之助のいう通り、ああいう結果になったのは実力通りだったのだろう。

「おい、勘兵衛。為之助の女房がどうなるか知っているか」

杯の酒を一気に干して修馬がきく。

「知っているさ」

勘兵衛は鰤の煮つけを箸でつまんだ。

「女ということで罪一等を減じられたな。遠島《えんとう》だ。本八屋はどうなっている」

「知っているんだろう」

「いや」

勘兵衛はかぶりを振った。

「嘘をつくな。勘兵衛が知らぬはずがない。だが、俺から説明してやろう」

勘兵衛と修馬が最も怖れていたのは、町奉行所によって本八屋が潰されることだった。

仇討とはいえ殺しを依頼するなど不届き千万とのことだったが、実際に八郎左衛門の依頼で殺された者は一人もいないことが為之助の自白からわかり、店を続けることを許されたのだ。

それと、あるじの仇討という事実が町奉行の心証をよくしたのはまちがいない。この手の話を公儀はきらいではない。

「番頭と手代の二人でやっている。店は相変わらず繁盛しているようだ」

「よかったな。これで子供たちも安心だ」

「そういうことだな。二人とも八郎左衛門の心根を受け継いでいる。しっかりと援助をしてくれるそうだ。――勘兵衛、飲め」

修馬がちろりを手にし、注《つ》いでくれた。

「島岡家はどうなった」

勘兵衛は注ぎ返してきいた。

「それも知っているんだろうが。まあいい。話そう。三分が二も削られた」

「残りは千石か。さすがに厳しいな」

「だが、家の存続が認められただけいい。京三郎どのなら、きっと挽回《ばんかい》してみせるのではないか」

「そうなるのを俺も願うよ」

金貸しの今谷若之丞は首を刎ねられ、今谷家は取り潰しになった。若之丞が貯めこんでいた大金はすべて公儀のものとなった。

若之丞の妻だった輝江に咎めはなく、今は実家に戻っている。おそらく助四郎の菩提を弔いつつ暮らしているのだろう。

七十郎と清吉もすっかり元気になり、江戸の町をいつも通り飛びまわっている。そのうち、一杯やろうと勘兵衛は考えていた。

「勘兵衛、ご苦労だったな」

修馬がちろりを傾け勘兵衛の杯に酒を注いだ。

「しかし勘兵衛、お美枝の事件がまだ解決しておらぬぞ」

「わかっている。傷が完治したら、すぐに取りかかるつもりでいる」

「頼むぞ、勘兵衛」

「まかしておけ」

酒はほどほどにして、勘兵衛たちは楽松を出た。明日も仕事がある。

途中で修馬とわかれ、勘兵衛は一人歩きだした。

少し酔いは感じている。飲みすぎてはいないが、楽松の酒だけに杯を重ねたのは事実だ。

しかしうまかったな。

楽松の料理は今宵もすばらしかった。もっとも、と勘兵衛は思った。為之助の腕もすごかった。

あれなら料理人として大成できただろうに。歩む道をまちがえたとしか思えない。

あと半町ほどで屋敷だった。

手にしている小田原提灯の淡い光では、まだ屋敷の影は見えてはこない。

今夜も寒い。昼間は春のようなあたたかさだったが、夜の到来とともに大気はぐっと冷えこんできている。

風が吹きはじめた。提灯がふわりと揺れる。指がかじかむ。勘兵衛は背中を丸めるようにして道を急いだ。

そのとき、なにか粘っこいものが背中に当たった気がした。

なんだこれは。

ぎくりとする。この前の眼差しだ。

勘兵衛ははっとして振り返った。提灯であたりを照らす。

誰もいない。冷たい闇だけが重々しく居座っている。

だが、勘ちがいなどでは決してない。

いったい誰が見ていたのか。

酔いなどどこかに消し飛んでいる。

息を詰めて勘兵衛は、ただその場にたたずむしかなかった。

二〇〇五年一二月　ハルキ文庫（角川春樹事務所）刊

光文社文庫

長編時代小説
陽炎《かげろう》の剣《けん》　徒目《かちめ》付《つけ》勘《かん》兵衛《べえ》
著者　鈴《すず》木《き》英《えい》治《じ》

2024年11月20日　初版1刷発行

発行者　三　宅　貴　久
印刷　堀　内　印　刷
製本　フォーネット社

発行所　株式会社　光　文　社
〒112-8011　東京都文京区音羽1-16-6
電話（03）5395-8147　編集部
8116　書籍販売部
8125　制作部

落丁本・乱丁本は制作部にご連絡くだされば、お取替えいたします。
ISBN978-4-334-10499-3　Printed in Japan

組版　萩原印刷